創約
とある魔術の禁書目録
インデックス
10
鎌池和馬
イラスト／
はいむらきよたか

JN034658

CONTENTS

010 序　章　アリス＝アナザーバイブル
Back_to_Memory.

024 第一章　世界はそこまで強くない
the_End_of_Real.

080 第二章　極彩色へようこそ
Little_Queen_Wonderland.

152 第三章　予言
Last_Branch(of_Die).

252 第四章　不幸な少年がそれでも見据えたもの
Over_the_River.

318 終　章　上条当麻
Notice_of_the_Death.

「きゃっはー☆　ご指名どーも」

『橋架結社』に属する超絶者。
誰にも愛される事のない孤独な全ての存在を救う花の女神

花束のブロダイウェズ

Designed by Hirokazu Watanabe (2725)

創約 とある魔術の禁書目録 インデックス 10

鎌池和馬

イラスト・はいむらきよたか

デザイン・渡邊宏一(2725 Inc.)

序章　アリス＝アナザーバイブル　Back_to_Memory.

『ふにゃあ？　少女はアリスですけどっ？？？』

『あと何で俺がせんせいになってるの？』

『カミジョートーマは少女のせんせいなので』

『間もなく列車が突っ込んできます‼　囚人護送列車と正面衝突しますわよ‼‼‼』

『行けッ‼　アリスを頼む！』

『花露妖宴（はなつゆようえん）。この顔を見てもピンときていないようで何よりね、平和ボケの一般人』

『ハロー、「暗部（あんぶ）」。突然ですけれど、あなたの持っている情報を全部出しやがれですわ‼』

『これはもう俺達だけの話じゃない。必ずお前も助けてやるからな、幽霊‼』

『この結末では不満なんですよねっ。それなら何がどうなれば納得の結末なので？』

『……なら全部戻せ、アリス』

『死にますけど』『それでもだ』

『SHIBUYAッッッ!!⁉⁇』　　　　　　『ボロニイサキュバス!!』『ぴんぽーん、大正解☆　夜と月を支配する魔女達の女神アラディア』『アリスは「橋架(はしかけ)結社(けっしゃ)」に属する超絶者(ちょうぜつしゃ)達の中でも別格の存在ぞ』『「橋架結社(はしかけけっしゃ)」は揺れておる』『……救出派と、殺害派だっけか？』

『ふざけんなよ暴動の罪人ども』『やめろこんな逆転劇は誰も望んでない!!』『……坊やには、けふっ、あんまり格好悪い所は見せたくなかったんだがのう』『これが格好悪い訳あるか!!　ちくしょうがあ!!!!!!』

『お任せを』『なら、こっちも任せろ』　　　『アンナ＝キングスフォードッツッ!!⁉⁇』『己ハただ、周囲へ奉仕ヲするためニ☆』

『せんせい、遊びに来たのですし☆』　　『第一二学区に領事館だァ？』

『まあ殺すよ。アンナ＝シュプレンゲルは別に冤罪被害者って訳じゃないしの』『このケースではママ様の「条件」とも合致しませんね』

『私の上条当麻に関するスタンスは殺害派ですよ』『平たく言えば、アレはママ様が叩き潰す』

『……せんせいのばか』　『ダメですし』『そういうやり方はダメだ、アリス』

『俺と逃げるぞ!!　アンナ=シュプレンゲル!!!!!!』

『わたしは処罰専門の超絶者、ムト=テーベ』

『自分の影と対象の影が触れる事でその戦力を我が物にする』

『「矮小液体」は……無事』

『あの、アンナさん？』

『……違った？』『「橋架結社」は数千年も前からある伝説の魔術結社、なんかじゃなかった？』

『アンナ=シュプレンゲルは「旧き善きマリア」の「復活」でも回復できない』『だったらアリスに直接力を借りれば良い』

『CRC』『クリスチャン=ローゼンクロイツ』

『やめ、ろ』『予想外など、不要』

『アリスさえ』『アリス=アナザーバイブルさえいれば!!!!!!』

『あああああ!!』

『くだらぬ命でもってこの老骨の無聊を慰める事。これ以上の挽回などあるかのう、「超絶者」の諸君？』『アンナは、悪人だけど』『でも、このまま死んでほしくない』

『だって、なあ、猫ちゃんが』

『みーつけたっ、のじゃ☆』

『……め、御坂』『やめなさい上条当麻！　それは……ッ!!』『このGPS信号に撃ち込め』

『……この老骨が、床に手をつかされた、じゃと？』『……信じるとは、そういう事ではありません』

『あなたは越えてはならない分岐を見過ごし、素通りしてしまわれました』『何でっ、今さら、何で再び起き上がる!!』『その口を閉じるのじゃ。今すぐに!!』

『ヨハン＝ヴァレンティン＝アンドレーエ』『ここに全ては終わったのです』

『げた』

『げた!!!!!!』

『終わってない……』『まだ何も終わってないんだよ』

第一二学区だった。

インデックスとオティヌスはその瞬間を目撃した。

一月の夜、凍えるような夜風が吹きすさんでいるが、不平不満を言う者など一人もいなかった。

正常な温度の感覚など、とっくの昔に消えている。

「……、」

CRC。

クリスチャン＝ローゼンクロイツの死体が無造作に転がっていた。

いいや、正確にはそう偽っていたヨハン＝ヴァレンティン＝アンドレーエ。

赤衣に銀の髪。幼い少女の掌(てのひら)であちこち毟り取られたなれの果ては虫食い状態となり、中(ちゅう)途(と)半端(はんぱ)にみすぼらしい老人の体が残されていた。なまじ完全に消滅してしまえば痛々しさや醜さも残らず、伝説だけは伝説のまま保持できたものを。

詰んだ、とオティヌスは思った。

戦争を専門に司る軍神だからこそ、分かってしまう事もある。

首のない血染めの少女、アリス＝アナザーバイブル。

杖に仕込んだ刃を振るう『超絶者』のＨ・Ｔ・トリスメギストス。

……勝てない。

頭に一〇万三〇〇〇一冊以上の魔道書を収めたインデックスと、『魔神』としての力を失ったオティヌス。この二人では『橋架結社』の怪物どもの猛攻をしのいで安全な場所まで逃げ切る算段がつかない。

『ふーふふーん』

舌も歯もない小さな少女の、千切れて丸見えの気管から笛の音のような声があった。

それすらも埋め尽くされていく。

ぱき、ぱき、ぱき、ぱき、ぱき、と。

異様な音があった。それはひどく乾いていた。しかし実際には首のないアリス＝アナザーバイブルから放たれているものだ。砕けた卵の殻を逆回しにするようだった。細かい破片が次々と浮かんで繋ぎ合わされ、何か薄くて柔らかいものをめくり上げるような音がして、そして幼い少女のあどけない顔が何事もなく首から上についていた。

それはとても当たり前の事なのに。

前提を知っているか否かだけで、受ける印象が全く変わる。

「こんなものですし？」

「一般的に考えて、過不足ないかと」

恭しく、黒髪の青年執事H・T・トリスメギストスは一礼していた。

こちらの視線など気にも留めていなかった。

三六〇度どこから不意打ちで襲いかかってきたところで、主たるアリスには指一本触れさせない。言葉も視線もなく、しかし杖に刃を仕込んだ『超絶者』の全身から匂いのように発せられていた。

事実だった。

戦えば死ぬ。

そうなったら誰にもCRCの死とアリスの復活は伝わらずに終わる。たった数日のロスでさえ、この二人の手にかかれば世界崩壊レベルにまで育て上げられる。間違いなく。

残る手段は一つだった。

(わざと捕まる)

インデックスの肩の上で、オティヌスは冷酷に弾き出した。

(……片や魔道書図書館に、片や力を失ったとはいえ貴重な『魔神』のサンプルだ。殺さずに手元に置いて解析したい欲くらいは誘えるだろう。隙を見てあの『人間』に連絡を取る手段さえ確保できるなら、むしろアリス達の懐に入っていた方がまだしm

「無駄ですよ」

青年執事はいつもと変わらなかった。

全く変わっていなかった。

「考えは読めます。しかし私達には『救済条件』を満たす以外の欲はありません。一般的に考えて、我々があなた達二人を殺さずにおくだけの価値を見出すとでも？　すでに、アリス一人がいれば全ての要求が満たされてしまうこの状況で、これ以上外の世界に我々が何を欲しがるというのですか」

魔道書図書館という絶対のカードすら、交渉材料には使えない。

そこまでの存在。

そしてオティヌス自身頷けてしまうところがあった。アリス＝アナザーバイブルほどの規格外があるなら、やはりその時点で詰みだ。最初から盤面は完成してしまっていて動かない。そこから何かを足し引きしようとする行為自体が例外なく蛇足となってしまう。

戦っても勝てない。

搦め手の交渉で時間を稼ぐ選択肢すらない。

規格外に突き抜けたアリスは、現実的な問題になど視線すら向けない。

青年執事が冷静に尋ねてきた。

「どうしますか？」

「こうするんだよ」

インデックスはきびすを返して走り出した。

見ていて、しかしH・T・トリスメギストスはすぐさま行動に移らなかった。視線には少なくない軽蔑が含まれていた。

足で走って逃げられるはずがない。

それくらいは分かっているだろう。

そんな共通認識の確認でもするように。

ただしほんの一分未満であったとしても、稼いだ時間自体は本物だ。

肩のオティヌスは極めて高速で思考しながら、

「どうするんだ⁉　走ったところで逃げ切れん、『理解者』にすがるにしても戒厳令のこの状況じゃ電話が通じるかどうかも未知数だぞ」

全く同じコンテナが規則的に並ぶトランクルームの敷地を走りながら、インデックスは左右を見回した。

そして白い修道女は肩にいたオティヌスを片手で掴んだ。

「おいっ？」

インデックスはその場で屈むと、コンテナ状のトランクルームの箱と箱、その細い隙間に一五センチしかない小さなオティヌスをねじ込んだのだ。

　眼帯の少女は目を剝いて、

「(なにしてるっ⁉)」

「(どっちみち、私が走っても『超絶者』は振り切れない。二人一緒に捕まっちゃうくらいなら、一人でも確実にとうまの元まで辿り着いた方が良いんだよ)」

「っ」

　その覚悟に、息を呑んだ。

　片目を捧げて叡智を獲得した正真正銘の軍神が、だ。

「とうまに伝われば状況はきっと変わるんだよ、たとえアリスが相手でも。だから早く行って！」

「(だからそういう小賢しい命の消費ならこの戦争の神の役割だろうが……くそっ！)」

　オティヌスが止める前にインデックスは開けた場所へ走ってしまった。

　わざとオトリになって捕まるために。

　何しろ目の前でローゼンクロイツは意味もなく惨殺されたのだ。今のアリス＝アナザーバイブルや付き従う青年執事が、最低限、まともな理性を保っている保証すらないというのに。

　それでも、呑んだ。

　インデックスは必死で体の震えを抑えて、自分だって逃げたいのを堪えて、少しでも上条当麻へ情報が伝わる可能性に自分の命と人生を全部賭けた。

その覚悟を魔神オティヌスは受け取った。

（……戦う力も持たないというのに、馬鹿野郎が‼）

ＣＲＣ、クリスチャン＝ローゼンクロイツを仕留めて、それで終わりじゃない。何も知らない『理解者』の少年は大きな危機を乗り越えて、つまり最も油断しているはずだ。今ここでアリス＝アナザーバイブルという規格外の強敵を見過ごしてしまったら、そのわずかなロスだけで致命的な事態に陥りかねない。

あの少年は悲劇があれば自らの行いを必ず悔いる。その必要もないのに。

だから、何としても繋ぐ。

頭に一〇万三〇〇〇一冊以上の魔道書を収め、だからこそ、『情報』というものの価値だけは人並み以上に理解していたのか。インデックスが自分自身を犠牲にしてでもオティヌスを逃がしたのは、つまり情報の動線が、ここで途切れてしまう事こそが最悪の中の最悪だと分かっているからなのだ。

閃光があった。

鈍い音も。

Ｈ・Ｔ・トリスメギストスやアリス＝アナザーバイブルが動いたのだろう。

だけど対するインデックスの悲鳴はなかった。もちろん何も起きていないはずがない。オティヌスは奥歯を噛み、しかし救援という選択肢を排除する。

インデックス自身がそれを望んでいない。

安易な情に流されてしまえば少女の覚悟を無駄にする。

オティヌスは期待された役割の通りに、冷酷にきびすを返して奥へ進む。無音で離脱する。一五センチの神からすれば高層ビルと高層ビルの間にある路地に等しいコンテナの隙間へと。

駆け抜けて、反対側にまで飛び出す。

「……ふざけんなよオイ。私が生きているのは罰の一種だという意識くらいは持っているが、それにしたってここまでするか世界……」

しかしそこまでやっても、立ち塞がる者がいた。

オティヌスは足を止める。

とはいえ『超絶者』やアリス=アナザーバイブルではない。

「うっ」

のそりと闇の中から何かが顔を出した。しかも一匹に限った話ではない。

近所の野良猫どもだった。

身長一五センチのオティヌスからすれば十分以上の脅威だ。

挙げ句に複数。分かる範囲だけで五、六匹はいそうだ。

立ち向かうどころか、走って逃げても間違いなく捕まる。そうなったら文字通りの嬲り殺しだ。ここで死んでしまえばアリス=アナザーバイブル復活の報が誰にも伝わる事はない。こんな馬鹿げた些事で致命的な遅れが発生し、世界が滅んでしまうのか。

「えっ、ええい！　こんな街暮らしで野性を忘れたケダモノどもが立ち塞がるか、最後の最後にッ‼」

たとえどれほど重大な使命を帯び、どんなに堅い覚悟を決めても、世界は平等で残酷だ。いかに北欧の軍神といえど、いやだからこそ、悪しき偶然、すなわち死の運命には抗えない。

その時だった。

横から何かが割り込んだ。

闇の奥で複数の妖しく輝く眼が入り乱れた。

暗闘。

砂利や雑草を蹴る音。空気の擦過、不安定に揺らぐ低い鳴き声の連続。

気配は去った。

何かしらの存在が、牙と爪を持つ存在をまとめて追い払ったらしい。

闇の奥からのそりと現れたのは一つの影だった。

にゃーと鳴いていた。

首には鈴のついた首輪があった。

身長一五センチとなった魔神オティヌスの天敵、例の三毛猫であった。

「けっ、ケダモノ！　貴様……ッ？」

家で飼われている子猫のくせに、野性味溢れる大人の猫を、それも集団を相手取って蹴散らしたようだ。正直将来がすごく怖い。

オティヌスの見ている前で猫が身を伏せた。

猫は人語を話せない。

だけど『乗れ』と瞳が断言していた。

（……ふん。生意気な子猫風情と思っていたが、ちょっと見ない間に戦士の顔をするようになったじゃないか）

一五センチの神は柔らかい背中に飛び乗り、手綱代わりに首輪の後ろの部分を小さな両手でがっしり掴む。

「ゆくぞスレイプニル‼　この神の足となれ‼‼‼」

危うく振り落とされそうになった。

名前はスフィンクスなので、三毛猫はいやいやするように胴体を細かく揺さぶったのだ。

第一章　世界はそこまで強くない　the_End_of_Real.

1

一月六日、第七学区の病院である。

ついでに言えば朝だった。

「あー……」

消毒薬臭いベッドの上で上条当麻はぼーっとしていた。服装なんかもう第二のパジャマと化しつつある超やる気ない入院着である。ジャージじゃないだけ許せと顔全体に書いてあった。

貴重な冬休みのそれも終盤戦だというのに、午前中は暇なのだった。

「終わるぜ冬休み。ふおー、いよいよ始まっちゃうのか三学期が。……マジか？　俺何だかんだで今回ばっかりは生き残れないと思っていたのに!!」

「……愚鈍、記憶を捏造してのノーミスのふりはやめなさい。『旧き善きマリア』の『復活』のお世話になっただけであって、死んだ事には死んでいるでしょうに。それも複数回」

ぐっ、と上条はベッドの上で呻いた。

ベッドの隣。簡素なパイプ椅子に誰か腰かけていた。

見た目だけなら一〇歳くらいの小さな少女。ストロベリーブロンドの長い髪はいくつもの平べったいエビフライ状にまとめてあり、華奢で小柄な体以上に大きく膨らんでいた。サイズの合わないぶかぶかの赤いドレスを無理矢理胸元にかき寄せていた。白い肌なんかほとんど隠れていない。

アンナ＝シュプレンゲルだった。

そして呆れ顔のアンナの言う通りだ。今上条がこうして無事でいられるのは、別に自分自身の努力や選択によって掴み取った未来、ですらない。身の丈に合わない無謀な挑戦をすれば何が起きるか。『超絶者』、アリス＝アナザーバイブル、そしてローゼンクロイツ……。彼らとの激突はそれをまざまざと見せつけられた形になった。

上条はしばし思いを馳せて。

でも、アンナは目の前にいる。幻ではないのでいきなり消えたりはしない。

ていうかさっきも言ったがここは個室なのだ。

……何でアンナ＝シュプレンゲルはこっちの病室に顔を出してんの？　こんな汗と涙と欲求不満がむしむしと充満しまくった梅雨時の野球部みてえなオトコ病棟に。

「そっちだって体キツいんだろ？　自分の病室抜け出して何しに来たんだよ」

「看病に」

端的な返事だった。

上条当麻はパチパチと二回瞬きをしてから、

「はっはっは話し相手がいなくて寂しくなっちゃったのかねアンナさんいやーまさかあの悪女がこんな事になるだなんて人生って分からn

「臭いわ愚鈍、この病室は負けて寂しいオスの匂いで満ち満ちている」

「アンタ何しに来たの？」

泣く事も忘れていた。

いっそ乾ききって無の心に達する男子高校生に、しかし、しれっとアンナはこう即答した。

「愚鈍、その頭の無能さは三分前に聞いた話を覚えていられないレベルなの？　あなたの看病よ」

アンナはお湯を張った洗面器に清潔なタオルを浸すと、小さな手でぎゅーっと濡れタオルを絞って、

「そんな訳でピッカピカになるまで体を拭くからさっさと全部脱ぎなさい愚鈍」

「ぶっ⁉」

急に来た。

しかもアンナ＝シュプレンゲルの中ではすでに確定事項らしい。濡れタオルを持ったままべ

ッドの上に身を乗り上げつつある。音もなく猫っぽい動きで。

「なっなばべば何を言っているのか分かっておるのですかオンナノコ」

「あら愚鈍、照れてるの？」

「アホかちんちくりんが何をふざけたコトを言ってやがるッ！　具体的には一〇年いいやあと一五年と四ヶ月くらい未熟なんですよまだ見ぬ管理人のお姉さんへの野望を秘めた上条さんを舐めるなよう‼」

見た目だけなら一〇歳くらいのアンナは無言で瞬きすると、ややあって、自分自身の華奢で小柄な体を見下ろした。

それから、

「あら。小さな体では好みに合わない？」

くすりと悪女の笑みを浮かべて。

直後に、その体が年上のお姉さんへと変じた。

「なら、こ、こ、こういうコトもできるけれど」

「うわっ⁉」

「好きな方を選びなさい。わらわは別にどちらでも構わない」

にゃんこに似ているが、絶対にそのものではない。ネコ科の獣のようにアンナがベッドを這うと、甘い香りが今まで以上に自己主張してきた。

ゆっさと大きなものが揺れる。

濡れタオルを手にしたアンナはくすりと笑って、

「とはいえ、こちらでいったんグラマラスに変じてしまってからやっぱり小さい方が良いって愚鈍から言い直すのは、それはそれで勇気の必要な選択肢かしら？」

もう下手に常識を説くより黙った方が早く火消しできるのだろうか。

そう思ってしまったのが間違いだった。

それは逃避だ。

基本的に今ある流れは明確に堰き止めない限りそのまんま突き進んでしまう。たとえ全力で脱線していたとしても。

「ま、体はひとまず大きい方にしておくべきね。体を動かしたり転がしたりするのに便利だし。飽きたら味変してあげるから言いなさい愚鈍、いつでもモードは変えられるから」

「……大きい方が便利？　それはまさか人の体を掴んでひっくり返す気ですか？」

「この高貴なわらわがカラダ拭いてあげるからさっさと脱ぎなさいよ愚鈍」

「いや、メッチャクチャだぞ？　自分が何言ってんのか分かってますか、もうこれギャルが作った肉じゃがくらい秩序が乱れておりますが本当によろしいですかアンナさんッ!!」

むしろ、アンナはにたにたと笑っていた。

どうも上条が慌てふためくとシュプレンゲル嬢は喜ぶらしい。

悪女の不思議な生態であった。

「あらあらこいつは愚かな思春期反抗期ね、入院一日目で禁欲生活が限界を迎えるというのはあまりに節操がないのではないかしら。くすくす、ああ罪なわらわのせいで愚鈍の体のどこかからギンギンという音が聞こえてきそうな話だわ」

上条当麻の心が無からもう一段向こう側へ飛び越えた。

新境地である。

目を逸らして小さく言った。

「あの」

「何よ愚鈍」

「これは大変言いづらい事なのですが……。しょっちゅう夜帯のバラエティ番組で芸人さん達はそんな下世話トークをしてはおりますが、ギンギンっていうのは硬さを表すたとえの話であって男の子の体から実際にそんな金属音は出ません」

「なっ⁉　……何ですって……？」

紙幣の人みたいな変に陰影強めで戦慄くアンナ＝シュプレンゲル。

この人。

今まで散々思わせぶりに悪女ってたけど……いやこの人ほんとはまさか？

「まあ恥ずかしい事じゃありませんよははははオトナな上条さんなんてむしろそんな穢れのない

時代に戻りたいくらいでありましていやー参ったなそういう話にはとんとご縁がない純粋培養お嬢さんだっただなんてハハハハハ」

アンナは無言になった。

やや経ってから、そっと息を吐いて、

「……愚鈍。これはもうギャグの引き出しに入れても良い棒読み台詞だと思うのだけれど、女の子は感極まった時にいくーなどとは叫ばない生き物なのよ」

「えっ？　待ってやだ聞きたくない何か女の子から逆襲が始まっt

「愚かの極みだわ。今はもうドラマでも濡れ場は少なくなってきたから、おそらく脚本家も自然な台詞の組み立てに慣れていないのね」

「まさか!!　まさかだよう!?　うえええあああ！　……大宇宙の仕組みはどうなっているんだ。そ、それじゃあ俺達は何を信じて生きていけば良いんだよう!?」

「そもそもこんな、特に誰も頼んでいないのにジャンヌダルクよりも頑なに童貞を守りまくる清く正しい愚鈍なんぞに男女の化かし合いに立ち会うチャンスなんてあるの？」

「……、」

この場合、俯いて黙ったのは明らかに失敗だった。

悪女の取り扱いに慣れない。

アンナは何か嗅ぎ取ってニヤニヤしている。これはいたぶる標的を見つけた顔だ。

「異次元の果てに存在する管理人のお姉さんとやらが律儀に感情の爆発を口から出してくれる人だと良いわねえ？」

「こいつ自分の話は片付けられない奥さんくらい端から全部棚に上げておいてコノ」

「あア？　やんのか愚鈍!!」

「——————ッ!!」

「!?」

2

疲労困憊だった。

「ふう……」

一五センチしかないオティヌスはそっと息を吐く。

いかに俊敏な猫の足とはいっても巨大な学園都市を横断するほどの体力はない。三毛猫の上に乗っかっていたオティヌスが小さな両手で首輪を引っ張り、指示を出して、真夜中や早朝でも街を走るトラックの荷台に飛び乗ってようやくここまでやってきたのだ。

それでも無事に辿り着いた。

H・T・トリスメギストスと、アリス＝アナザーバイブル。あんな化け物どもの脅威を正しく理解していれば、どれほどの奇跡かすぐ分かるだろう。

ただの運ではない。

確実に引き当てるため、自ら犠牲を払った者が確かに存在するのだ。

伝えなければならない。

魔道書図書館インデックスはたった一度のチャンスをオティヌスに与えるため、自らアリス達に身を差し出して捕まる覚悟を決めた。頭の中からいくつ歯車が抜け落ちているかも分からない、今や善悪好悪とは違った誤作動でいつ人の命を奪うかも全く予測がつかない『あの』アリスの元に残る、というのが何を意味するか知りながら。それでも。

無駄にはできない。

必ず報いる。

それは戦争の神と称するオティヌスにとっては生態や本能のようなものに近い。

だからオティヌスは第七学区までやってきたのだ。

例の病院までやっと到着した。

『だからさっ……脱ぎな……よ愚鈍』

『だから恥……しいってゆって……しょ!!』

？　と疑問に思いながらもオティヌスは三毛猫に指示。

ここ最近の猫はスムーズなスライドドアくらいならイタズラして開けるくらいはできる。

扉が開くと音声がクリアになった。

「何でわらわが押し倒す側になってんのよ!!」

「多分ビタミンCやコエンザイムQ10より不足しがちな常識値をケアしてないからだと思うよ!!」

病室のベッドの上であった。

上条当麻のパジャマははだけていた。

アンナ＝シュプレンゲルが大きくなっていた。

暴れている間にツンツン頭とどういう風に体勢が入れ替わったのか、強いて挙げるなら大人モードのアンナはハの字座りでツンツン頭を膝枕したまま上体を前に倒す土下座スタイルに似た仕草で無理に体重をかけていた。

つまり太股とおっぱいで人間の頭を取り押さえていた。

人間ネズミ捕りことでっかいアンナ＝シュプレンゲル的には両手はフリーにして別の事に使いたいらしい。少年のおへその辺りにぐりぐり顔を押しつけながら、

「とにかく黙ってカラダを拭かせろッ!　せくすぃーでカンペキなわらわはもう引っ込みつかなくなってんのよ愚鈍!!」

「ばふあ息がおっぱデカ、ふモモもがが｜っ⁉」

一言で言えば日本の奇祭サービスイチャつき祭りであった。

疲労困憊の神がふらつく。

その隻眼に憎悪が宿る。

三毛猫にまたがったまま魔神オティヌスは断言した。

軍馬みたいに猫のお腹を小さな足で軽く蹴って牙と爪を持つ獣をけしかけたのだ。

「貴様もうシンプルに殺すッッッ‼‼‼」

「ぶはっ、なに？　せめて理由を言ってオティヌス⁉」

3

退院手続が進んでいた。

一階のロビーは騒がしかった。病院が繁盛しているのは果たして喜ばしい事なのやら。行き交う患者やお医者さんとは別に、なんか金属の足場を組んで作業していると思ったら、お正月が終わったので三学期の始業式シーズンに合わせて何か飾りつけようとしているらしい。

もう冬休みは終わるのだ。

この病院には御坂美琴やアラディア達も入院しているっぽいが、男性と女性では病棟が分けられているため上条には顔を合わせる機会がなかった。ひとまず無事なら良いのだが。

それなりに混雑しているロビーでの待ち時間の間にも話は進んでいた。

そんな中、上条がぽつりと呟く。

「ローゼンクロイツが、死んだ……？」

「そっちで驚いている辺りはまだまだ平和だな。すでに問題の中心はよそに移ったというのに」

ここからでは見えないが、自分の肩にいるオティヌスは腕組みしながら息を吐いたようだ。

「……アリス＝アナザーバイブル。ただでさえ行動予測の困難な人物が、素の状態から大きく脱線している恐れまである。あれなら悪意満点で破壊しか考えなかったＣＲＣの方がまだしも戦いやすかったかもしれん」

アリス＝アナザーバイブル。

まだ生きている、というのか。こっちはローゼンクロイツに頭を握り潰され、無造作に放り出された小さな体がまぶたに焼きついているのに。

「待て、お涙頂戴じゃないぞ」

突き刺すようにオティヌスが言った。

「忘れたのか。ヤツが魔道書図書館を捕縛している話を」

「……、」

一気に、冷えた。

死んだと思った知人の生存の報が、素直に喜べない事態になっている。

そもそも一体何が起きているのだ?

「……そんな奇麗にまとまるものか、あの怪物が。クリスチャン=ローゼンクロイツなんか寄り道だ。それは『橋架結社』の目的であって私達とは関係ない。つまりようやくの本道、本当の敵が出てきたところだ」

「アリスは……怒ってるのか?」

「さあな」

小さなオティヌスはそっと息を吐いて、

「シンプルな喜怒哀楽で動いているならいくらでも先の展開が読めそうなものだが、そういう雰囲気じゃない。アリスがそこに立っているから世界が滅ぶ。そっちの方がまだしも納得できそうな話だ」

「……、」

「事実として、魔道書図書館は消えた。この神を逃がすための囮となってな。今、あの女がどうなっているかは謎だ。まともな魔術師なら殺さず手元に置くだろうが、アリスの場合だと本当に予測できん」

インデックスがいない。

前の時のように、単に遊びたくてアリスが自分の秘密基地に連れていった訳ではない。いいやたとえそうだとしても、今のアリスに知り合いを預けておくのはあまりに危険だ。

首のない少女。

それでも全く構わなかった少女。

殺されたＣＲＣ。

あれほどの怪物ですら、アリス＝アナザーバイブルの怒りに触れてちょっと本気を出せば絶命してしまう。そして今度は別の誰かの喉元に鋭い爪が突きつけられている。

「でも、アリスがそんな……。インデックスの命を脅かすだなんて」

「今はまだ、魔道書図書館は殺されてはいないだろう。そこだけが救いか」

「？　知ってるような口振りだな。そりゃそっちの方がありがたいけど」

「アリスはまだ学園都市に留まっている。完全に幻滅して行方を晦ました訳ではない以上、人間、貴様へ執着しているのは明らかだ。つまり高確率で貴様と関係のある人間は安易に殺さない。逆に言えばアリスがお前に対する興味をなくした時が、あの魔道書図書館の最期だ」

軍神の予測だった。

正確なデータに基づく分析であれ、豊富でシビアな経験に基づく勘であれ、ただの高校生の頭で抗えるはずもない。

それでもなお上条が食い下がってしまうのは、やはりかけがえのない人の命が直接左右される状況だからか。

「俺はまだ、あの子が生きているっていうのだって実感湧いてないんだぞ？　アリスは本当にまだ同じ街にいるのかよ」

「この神の言葉だ、の一言で済む話にいちいち客観的な証明行為を付け足すなど億劫(おっくう)の極みだが、間接であればできん事もないぞ。外を見れば分かる」

「？」

　肩にいるオティヌスは呆(あき)れたように、

「アリス＝アナザーバイブルの存在と連動していた学園都市(がくえんとし)特有の社会現象があっただろ」

「？　コタツシンドローム、だっけ……？」

　すっかり忘れていた。

　それが上条当麻(かみじょうとうま)の正直な感想だった。新統括理事長の一方通行(アクセラレータ)が戒厳令を発布した段階でそういうゆるい空気は霧散してしまったものだと思っていたのだが。

　確か、受験や三学期を消極的に嫌がってだらだらしたがる不思議な集団心理。後先を全く考えないその場限りの平穏を求める心の動き。

「外に出てみろ」

　オティヌスはそれだけ言った。

「ここからでは見えないかもしれんが、それでも分かるよ」

怪訝(けげん)に思いながらも、手続きを終えた上条(かみじょう)は病院の出口に向かった。

患者の快適な入院生活に配慮してか、そこらのガラスはある程度防音の加工が施されていたらしい。


外は爆発していた。


最初、上条(かみじょう)にはそれが何なのか分からなかった。

本当に遠くの方で何かが爆発しているのかと思ったのだ。

よくよく聞いてみると、ようやく人の声らしきものが混ざり合ったと分かる。

『もう嫌だ！　何が戒厳令よ。もう誰の命令も聞かないわよ！』

『また上からかよ‼』

『ひっくり返せッ‼　こんな装甲車みんなでひっくり返しちまえエエエ‼』

あれは、人の波か？　人間が出す奇声や物音なのか？？？

「……ここへ来るまでに、すでに見た」

あるいは病院に人が多いのは、風邪気味だと言い張って安全地帯に駆け込もうとしているのかもしれない。

オティヌスは小さく呟(つぶや)いた。

「元々冬休みの終わりで、三学期が始まる事への憂鬱はあったのだろう。しかも新統括理事長の戒厳令で外出禁止を命じられ、不自由を強いられる連休に不満も募っていた。そこへアリス＝アナザーバイブルが復帰した事で現実の問題に向き合わない心理状態(コタツシンドローム)が再燃し、住人達の心を逆方向へ一気に大きく揺さぶったんだ。……これまでの逃避気味だったゆるい社会現象とは性質が全く違う。自分にとってプラスになろうがマイナスになろうが、これ以上一つでも上から命令してくるヤツは片っ端から怒鳴り散らして物理的に嚙みつく。そんな空気だな」

　街を埋め尽くすほどの暴動は、これまで何度か見た事がある。

　例えば、アンナ＝シュプレンゲルの暗躍でＲ＆Ｃオカルティクスが台頭したクリスマスシーズンの学園都市(がくえんとし)。

　例えば、『超絶者(ちょうぜつしゃ)』アラディアとボロニイサキュバスにあてられた若者達で溢(あふ)れ返(かえ)った一二月三一日の渋谷(しぶや)。

　だけどこれは、種類が違う。

　アリス＝アナザーバイブル。原因として小さな少女が据えられた場合、その性質は全く変わる。

「始まってるよ」

「……、」

「劇症型コタツシンドローム。絶大な『個』だったＣＲＣの時とは全く違う脅威、『群』による破滅へのカウントダウン、新しい流れができてる。アリスを何とかしない限り、学園都市は身内の暴力で崩れていくだけだ。武力で止める事はできるかもしれんが、その場合は警備員だの何だのの実弾を街の住人に向ける羽目になるだろうな」

4

『夜になったから帰りなさい？　冬休みに完全下校時刻がある方がおかしいのよ!!』

『ふざけんなよ!!　何が三学期だ。アンタ達の戒厳令のせいでまともに体も休ませられなかったぞ、その分休みを延ばせえええええ!!』

『自由だ!!　ぼく達は誰にも縛られない存在になるんだっ、やっちまええエエ!!』

制止に入ったものの下手に発砲する事もできず、人混みに呑まれて立ち往生してしまった装甲車の上に大勢の少年少女が奇声を上げて身を乗り上げていた。

劇症型コタツシンドロームだったか。

『人間』アレイスターとゴールデンレトリバーの木原脳幹もまた、無邪気に崩壊していく学園都市を眺めていた。

『あっあの、吹寄ちゃん？　コスプレなのは分かるんですけどそれどういう……？　てか元ネタ何なの裸に虹色変換のＬＥＤリボンのみなんてそんな凶暴な格好一体どんな作品に出てきたんですか⁉　ええとその学校の見回り当番としてはですねー』

『え⁉　なに！　ちょっとアレうるさいな、全然聞こえないんですけど先生‼』

『届け今日のありがたいお言葉っ、先生もうちょっとおっぱいは隠した方が良いと思いますうーッッッ‼‼‼』

本人は自分の権利を使っているだけ、という認識なのだろう。

車をひっくり返したり、火を点けた写真週刊誌を夜空へ大きく投げ放ったり。集団になる事で個々の責任や罪悪感も薄れているのかもしれない。

何よりこの騒ぎの全部が全部、アリス＝アナザーバイブルという強大なカリスマの影響を無自覚に受けているだけの『暴走』だ。

普段と違う事をやっていても不思議に思われない、どれだけ脱線したって笑って済ませられる、そんな時代。特殊空間。酒に酔っていたんだから仕方がない、よりもひどい暴論にすっかり支配された場所。

こんな世界を見せたかったのか。

ゴールデンレトリバーを傍らに従えたままアレイスターは考え、眉間に力を込める。

千切れかけた首。

真っ二つにされた胴体。

アンナ＝キングスフォード。

また一人散った。自分の未熟が何をもたらしたのか、分からないとは言わせない。

「……、だ……」

噛み締め。

そしてアレイスターは震える声でこうこぼしたのだ。

「私のせいで死んだ……」

一度出してしまえば後は早かった。

決壊した。

半ば吼えるようにして『人間』は自分で自分を呪っていた。

「私が明らかに使い方を間違えた！　私がもっとしっかりしていれば、実力は足りずとも共に並んで戦っていれば、キングスフォードは死ぬ事もなかったかもしれなかったんだ‼　誰かが死なきゃいけないにしても、彼女であった必然性はない。私が一歩前に踏み出してさえいれば、彼女が私を見捨てていれば、たったそれだけでアンナ＝キングスフォードは今もここにいたはずなんだッッ‼‼‼」

が。

ここで大型犬の木原脳幹は見てしまった。

アレイスターの死角。

完全に背後。

ものすごーく気まずそうな顔で笑っているアンナ＝キングスフォードが。

幽霊ではない。

そんな非科学的な存在を木原脳幹は断じて認めない。

無傷である。全く平気であった。

得体のしれない非科学用語を抜きにしてこの状況を論理的に整理すると、だ。

（あ、あいつ。あのアマ普通に生きてやがった……ッ⁉）

まずい。

木原脳幹のわんこ丸出しでつぶらな瞳に変化があった。ひどく、とてもひどく、遠い目になったのだ。その頭の中では猛烈な勢いで複雑高度を極めた演算が展開されていく。ボロボロ泣いて吼えるアレイスターと、その背後で赤面照れ笑いでもじもじ人差し指をくっつけたり離したりしているキングスフォードの位置関係は大変まずい。なんていうか、こう、反抗期全開の不良が小さな頃に作ってもらった毛糸のマフラーをクローゼットの奥でまだ大切にしているのを母親が見つけてしまったような。とにかくこれはロマンに反する位置関係だ。事と次第によってはアレイスターという存在そのものが物理法則を無視して破裂するかもしれん‼

……果たして無事に流せるのか、この状況？

友に気づかせてはならない。

諦めるな。ロマンが砕ける破滅はすでに『人間』の五メートル後ろまで迫っている。

「聞いているのか木原脳幹(きはらのうかん)!!　この私の罪を!!⁉⁇」

『あ、はい、うん。で、でも人間はいつか必ず死ぬものなのだし、人と人の別れはある意味においてで必然であるという見方もできるのではないだろうか』

「だとしても！　何もあの日あの時である必要はなかったのだという話をしているのだ!!」

『これは友としての助言だがいったん深呼吸して気持ちの波をなだらかにしてみると良(い)いと思うよ！　君は真実を知ったらとても驚くし世界を呪うかもしれないが、どうもこの世はそう捨てたものではないみたいなのでもし恩恵があれば振り上げた拳をそっと下ろしてここは素直に受け取るべきではないかなっ!!』

「何を言って……ッ!!　ちょっと待った、君はさっきから一体どこをチラチラ見ている？」

『よせ振り返るな古き友よっ、だっダメだア!!!!!!』

アレイスターは助言を受け入れなかった。

『人間』はこうやっていつも間違いを続けていく生き物なのだ。

そしてばっちり目が合った。

全てを目撃したアレイスターは石化していた。

「あ」

その一音がこぼれるまで、たっぷり五秒以上はかかったはずだ。

全身でそわそわしている木原脳幹は新しい煙草を口に咥えようとして珍しく失敗した。たった一本でちょっとしたフィレ肉くらいの値段はする太い高級葉巻を火も点けずに地面へ落としてしまうが、そちらに視線も投げられない。

答えが出た。

「アンナ＝キングスフォード……？」

あははー、と苦々しい笑みが返ってきた。メガネの美女は小さく手さえ振っていた。

照れが混じっていた。

さっきの全部聞かれていたらしい。

そしてアレイスターは目を瞑り、一度大きく深呼吸した。

気持ちを鎮めるための儀式ではない。

キングスフォードは達人だ。だからこそ、それが生命力から魔力を精製するための予備動作だとすぐさま気づく。

「うーん、素直ニ逃げた方ガ◎いですかねえ是ハ」

やはり彼女はいつだって正しい。

『法の書』を著した魔術師の両手から禁忌とされるありったけの術式が襲いかかってきた。

5

ここではない場所。

それでいて、異界と呼ぶにはまだ歪みの少ないどこか。

「……、」

インデックスは死んでいなかった。

今はまだ。

アリス＝アナザーバイブルの気紛れが、たまたま良い風向きに傾いただけだった。一秒後にどうなるかは誰も知らない。

H・T・トリスメギストスは涼しい顔でこう言った。

「『橋架結社』の目的は昔も今も変わりませんよ。世界をあまねく救う事、一般的に考えてそれ以外にありえません」

「……考えなしに繰り返すつもり？　ローゼンクロイツは伝説に描かれるような聖人君子じゃ

なかったんだよ。あなた達だってそれは骨身に染みているはずなのに!!」

　インデックスは印象や記録の誤魔化しなどには左右されない心の持ち主だ。

　完全記憶能力。

　生まれた時から備わっていた特性のため、否応なくそういう心に育っていった。

「とうま達が勝てたのは何かの間違いだった。再誕の儀式もまた魔術の一つである以上、再現性はあるかも。つまり失敗したらまたやり直せば良いってロジックは成立する。だけどCRCがもう一回この世界に顔を出したら、今度の今度こそ取り返しがつかない事になるんだよ！」

「……クリスチャン＝ローゼンクロイツの正体は己の欲や情念の塊でしかなかった」

　対して、青年執事は呟いた。

　冷静に。

　いいや違う。

「ええ、ええ。一般的に考えて、そんな事はありえない。クリスチャン＝ローゼンクロイツが実は暴力と破滅をもたらすなんて真相を受け入れるはずがない。正体だか本名だかはどうでも良い。彼は、何か理由があってそう振る舞った。世界が救済されなかったのは、受け取る側にその真意を知る用意がなかったから。そう考えた方がよっぽど理にかなっているでしょう!?」

「……、」

　インデックスは無言だった。

Ｈ・Ｔ・トリスメギストスはいかなる状況でも冷静さを失わずブレない方針を貫いているように見えるが、問題がない訳ではないのだ。

一般的に考えて。

つまり逆に言えば、青年執事は過去に前例のない未知かつイレギュラーな事象には対処できない。目の前に明確な間違いや失敗が転がっていても、ただただ普通で一般的な『すでにある』解決方法だけをひたすら繰り返してしまう。

世間で広く受け入れられている常識が、必ずしも全て正解とは限らない。

日陰の存在となり、それでも魔術を学ぼうとした時点で分かっているはずなのに。

「……そのやり方は失敗するよ」

「分かっております」

指摘され、しかし青年執事は皮肉げに頭を下げた。

「当然分かっておりますとも。私は『超絶者』Ｈ・Ｔ・トリスメギストス、そこまでで止まってしまったレギュラーサイズの存在に過ぎません。だからこそ、一般的に考えて、私には分かるのですよ。世界の行方をもっと強大な何かに委ねるのが一番の正解なのだと」

6

上条当麻は病院を出て、表を歩いていた。

隣には青髪ピアスがいる。

こいつは学生寮ではなくどこかに下宿しているらしいが（多分実は校則違反）、途中までの道のりは一緒だ。

「しっかしまあギリギリのタイミングやったけど、冬休み終わる前に退院できて何よりやわ」

「何だ、退院できて良かったって考えるクチ？　病室にいれば三食ついて掃除も任せっきりだったのに」

「まあ当然やん？　そりゃインテリお姉様な女医さんとか看護師さんとかは惜しいけどなー、何しろ八日から普通に学校あるんやで。休み明けはしんどいけど、でもやっぱスタートの一日目は学校顔出しとかんと」

「……、」

「つかクラスのみんなが納得してくれる理由で一発目から休んだら、クセづいて二度と学校行く気起きなくなるかもしれへんからなー、はっはーッ!!」

そんな風に青髪ピアスは笑い飛ばしていた。

いつも通りの三学期が始まる保証なんかどこにもないのに。

劇症型コタツシンドロームだったか。

オティヌスが見たと言った時より、多分もっと悪化している。

大きな通りはハロウィンみたいなコスプレ集団で完全に埋まっていて動きそうになかった。立ち往生した装甲車の上にまで少年少女が身を乗り上げているし、風力発電のプロペラの上によじ登っている集団までいた。あれ、下手すると『大覇星祭』の棒倒しみたいに根元からへし折れて倒壊しそうだ。

「おっと、また満員電車モードか」

「どうせならお胸にお尻にむちむちボディでいっぱいになった女の子成分強めなゾーンに頭から突っ込んでいかへん？　今なら不可抗力！　ボク達は何も悪くない、だってヤツらが勝手に道に溢れておってこっちは迷惑しとる被害者側やもん!!」

「花火大会とかハロウィンとかで捕まる困ったおじさんみたいになりたいのかキサマ」

何しろあの人口密度だ。ほとんど壁。あそこへ突っ込んで人混みを左右に大きくかき分けて歩く勇気は流石にない。

なのでぶつくさ言いながら上条と青髪ピアスはよそへ逸れた。

安っぽい人工大理石と緑地帯で溢れたお弁当組の聖地といった感じの四角い空間だが、実は区分的には公園ではなく小洒落たオフィスビルの敷地内だ。巨大なビルの壁に寄り添う形で小道が走っているが、こっちには不思議なくらい人がいない。

「やっぱり私道扱いのトコはパリピ集団いないな」

「スマホのGPS地図って私有地の表記は甘くなるやん？　歩きスマホでパーティ会場へ押し寄せてくる陽キャ軍団はこないな道が存在する事すら知らへん。情弱はこれやからー（笑）」

何しろ表の大通りは立ち往生したタクシーが御神輿みたいに担がれている状態だ。

こういう知識がなければまともに外を出歩く事もできない。

「へへー、無能力者なりの生活の知恵もたまには役立つもんやね」

「……暇なヤンキーどもに追い回された時の逃走ルートは多くて困る事ないからなあ」

騒ぎから離れてしまえば、改めて遠目に観察するだけの余裕もできてくる。

ガス管や高圧電線を回避するためか、不自然に階段状に盛り上がった場所から上条達はちょっと遠くを眺めてみる。

列車用の高架線路の上まで人が溢れていた。

『ミニスカにヘソ出し、そしてフトモモ装甲。帆風さんのそれは武装チアリーダーですの？』

『槍持ってその辺飛び回りながら戦う伝説の飛翔騎士に決まっているじゃないですか口囃子さん。こんびに？　でゲコ太とコラボしていた例のアレですわ。ふふふ縦ロールというのもたまには役に立ちますわね☆』

『どういう最強装備なんですかむしろ重たい封印を一つ一つ解いて外していくごとに強くなる

成長モデルなの!?』

『正直、地肌に黒いビニールテープ貼っただけの悪魔キャラなのに正面にエプロンつけていれば家庭的だなんて強引な人にとやかく言われたくないです……。閉鎖環境デスゲームのやこしい基本ルール説明が終わる前に興味なくしてほしくなかったからでしょうけど、それにしたってキャラクター商品の売り出し方が下品だと思います』

『困ったなあ、入試本番はすぐそこですのに』

『わたくしはコタツでゴロゴロするぞーッ！　おーっ!!』

ぶっちゃけ心臓に悪かった。

距離が近いか遠いかは正直あまり関係ない。

スマホ系のGPS地図には存在しない場所。とはいえ上条達がいるここは分厚い壁で守られた聖域ではない。所詮『まだ』気づかれていないだけだ。いつ何のきっかけで大量の群衆が雪崩れ込んでくるか分かったものではない。

「すげえな。あそこ線路じゃん、大騒ぎになってる。あれじゃ電車も止まってんのかな」

「確かにすごい、ぴっちぴちの女子中学生の群れがおへそも太股も丸出しやん。ピンクでデリシャスなビジュアルが目一杯展開されんなら何でもええんとちゃう？」

上条と青髪ピアスはアーチ状の階段から降りて狭い私道を進む。

とはいえ安全地帯はそう長く続かない。オフィスビルの敷地を抜けたらまた別の大通りに出てしまう。

花火代わりなのか、車の発煙筒が火の点いた状態でくるくると宙を舞っていた。

低温花火ではないので普通に怒号が上がっている。

「それにしても、全然知らなかった。荷物は病院の受付カウンターから業者の人に頼めば全部学生寮に送ってもらえるなんてなあ」

「戒厳令とかあったから心配やったけど、一応物流は動いとるようやね。地上の騒ぎに縛られへん宅配ドローンに感謝や」

が、そんな命にかかわる話は萌えに生きる人にはどうでも良いらしく、

「それよりさっき激レアのビリッタさん選んだレイヤーさんおらんかった？　もう泣けるわ、あんな黒いビニールテープで要所を隠しただけの小悪魔ちゃんなんて準備する方も大変やったろうに。いやむしろ大変なのは剝がす時の後始末か、ロマンやね……」

「なにそれ？　びりったさん？？？」

「密室系のデスゲーム始まって最初の五分で死ぬ子。今季冬アニメで華麗に死に過ぎてちょっとしたネットスラングになっとるよ、何しろまだまだ余裕のある一話目やったから作画チームがガリガリ入魂してくれはったおかげで惨殺シーンが全く無駄にぬるぬる動く。びりバリボリはほんま検索厳禁やで、みんなトラウマになったしなー」

ああ主催者側は殺す時は本気でやりますって事を示すために必ず用意されているヨーイドン

枠か。上条は遠い目になった。もったいない。全員心肺停止させてからきっちり蘇生させるとか、人間と同じ大きさの生肉を檻にいる虎に喰わせるとか、なんかアレ人間の数を減らさずにビビらせる改善の余地はまだまだありそうだと思うのだが。

『ほい撮るよー。あたしのスマホが一番最新っぽいしみんなでこれシェアね？』

『佐天さん待ってくださいってば。こんごうさんがっ。ちょっと写真に撮るんですから前に屈む時は胸元のそれ隠してっ、見えてますよオおおお！』

『こいつは乳輪じゃなくておっぱいに浮かんだデキモノですわ。素材のせいなのでしょうか、もしかして変にムネがピンクっぽくなってきたのって金属アレルギー？？？』

『ええと私にナマモノの話をされましても』

『撮るぜ撮るぜ、いえーっ！　泡食って逃げようとしたＶＩＰ様の防弾車ひっくり返し記念‼　これがあたし達の実力だアーっ！　能力なんかなくたって、一トン車なら二〇人くらい集めれば余裕です☆』

『ひいいどうしよう私これでも風紀委員なんですけどーっ⁉』

柔肌ばっかりの女の子達が一つのスマホにみんなで収まって記念撮影しているところを見た。スポーツタオルで顔を拭き、ペットボトルのお茶を飲んで、明るく笑い合っている。

普通にしている時は和気藹々と話をしている女の子達なのだ。肌面積がビキニ並みの人も珍しくないのであちこちムチムチしていてガン見していると叱られそうな雰囲気もあるが。

ただ一方で、彼らが金切り声を上げて警備員の特殊車両をひっくり返しているところも確かに目撃した。

冬休みの自由を思う存分楽しむが、その自由を少しでも邪魔する存在は苛烈に攻撃する。

平穏だから無害とは限らない。

イメージ的には大きな巣の平和を守るスズメバチの群れが近いか。

「世界は終わるよ」

一五センチしかない戦争の神が上着の襟に身を隠し、上条の耳元でそっと言った。

騒ぐ方も騒ぐ方なら取り締まる方も取り締まる方だ。

『ぴぴぴぴぴーっ!! 何やっていますの文明捨てた戦闘軍団！　あとそこで学園都市の条例を一人で勝手に諦めた初春るるるア!!⁉⁇』

『でも白井さん、アレ車の歪んだトランクからいかにも怪しげな金塊がゴロゴロはみ出てない？　ひょっとしたらお手柄なのかもしれないわ』

ビキニ鎧を着たメガネ巨乳や太い鎖に裸マントのネクロマンサーと化したツインテールなど、風紀委員の格好も普通ではない。ハロウィンの時にだけ渋谷のデカい交差点に現れるDRポリスともまた違う。線引きが曖昧というか、空気に呑まれている感が強いのだ。

白井黒子はまだ自前の正義感で抗っているようだが、メガネのお姉さんなのにSTR強めな人は都市機能が麻痺するほどの騒動を呆れた顔で半ば受け入れてしまっている。

オティヌスは遠くを見るような顔だった。

直接的な破壊行為よりも、モラルの崩壊を憂えている表情だ。

「こんな秘密基地ごっこみたいな大騒ぎで学園都市は沈む。科学技術に支えられた世界経済も全部巻き込んでな。デモの武力鎮圧のようにはいかないぞ、何しろアリスのカリスマ性に背中を押されての、外部由来の暴走なんだからな。いくら銃を突きつけても生徒達の動きは止まらないし、実際に発砲したって以下略だ。ほら、結局騒ぎを止めるためには学園都市の銃で学園都市の全住人を殺戮するしかなくなる。勝っても負けてもこの街はおしまいって訳だ」

正義やモラルのブレ。歪み。

今なら連れ去られたインデックスがたとえ命を落としてしまったとしても、異形の景色に埋もれ、挙げ句の果てにはこれで良かった、と変換されてしまうのだろうか？

だから、そうなる前に決着をつけなくてはならない。

あらゆる力を総動員してアリスに立ち向かわなくてはならない。

前提は分かる。

「でも……」

御坂美琴は死んだ。○○○も死んだ（……？　確かに誰かいたような？？？）。

アラディアも、ボロニイサキュバスも、目の前で殺された。

ムト＝テーベだっておそらくは瞬殺された。

『旧き善きマリア』の『復活』があったから何とか帳尻は合わせられ、みんなカエル顔の医者の病院に集まってはいるものの、その結果は上条の胸に深く刻みつけられたのだ。

才能や素質、実力や装備、順位や序列など何の保証にもならない。

人間は、死ぬ時は死ぬ。

当たり前だが絶対の法則を。

しかも今度はそこまでやったクリスチャン＝ローゼンクロイツを呆気なく殺戮したアリス＝アナザーバイブルとの正面衝突だ。その単純な火力もさる事ながら、もっと根本的に留意しなければならない条件が一つあった。

レギュラーな『超絶者』である『旧き善きマリア』では、イレギュラーなアリスには勝てない。アリスの力を一部封入しただけの『矮小液体』にやられたアンナさえ、『復活』で助ける事はできなかったところからもこれはすでに明白な事実だ。

証明は終わっている。

つまり、アリスに殺された人は『復活』が通じない。

もっと直接的に分かりやすく言い換えよう。

今回死んだら本当にそこでおしまいだ。

「……、」

上条当麻は改めて考える。

頼めるか、それでも？

脱落者は誰だ。そんな予想もできないデスゲームに。

たとえ美琴達が自分で決めてそう望んだとしても、『超絶者』が自分の責任を果たすと言っても、この戦いだけは、巻き込んでしまう事は本当に正しいのか？　いいや正しい正しくないじゃない。上条自身がそれを許せるのか。今はそういう話をしている。

自分が不幸になるのではない。

彼の良く知る大勢の人が、自分よりも不幸になる。それをみすみす許すのか。

これは将棋ではなくチェスだ。

些細だろうが大仰だろうが、どんな理由であれ、失った駒は二度と戻ってこない。

7

ドイツ、バイエルン州、ニュルンベルクだった。

より正確には、夜になって閉館した図書館へ勝手に潜り込んで古書を漁っている真っ最中だ。

リヒト＝リーベ＝レーベン第一聖堂について調べ物をしていたミナ＝メイザースとダイアン

＝フォーチュンだったが、状況は刻一刻と変わっていく。

クリスチャン＝ローゼンクロイツが死亡した。

きゃっきゃはしゃぐ声と共に、赤ん坊のリリスがテーブルの上にあるタロットをいじって遊んでいた。一般的なアルカナとは一部象徴の異なる、クロウリー式のトートタロットだ。

並べたカードの様子がおかしい。明らかに巨大な象徴が抜け落ちている。

破滅を意味する『塔』。

そして事象の達成を示す『術』。

しかもそれでいて、危機を伝えるカードは残り続ける。つまり何も終わっていない。

敗北の象徴である『吊るされた男』と最後の選択『永劫』。

まずい場所に偏ったカードが集まっている。

いっそストレートに『死』が出てきてくれた方がまだありがたいレベルで。

黒猫の魔女ミナ＝メイザースは表情もなくそっと息を吐いて、

「つまり、ＣＲＣはアリス＝アナザーバイブルにやられて退場した、と。そうなると、ニュルンベルクは無駄骨でしたか」

「死にたい……、なにこの恐るべき資料の山……。たまに真面目に働くとこれだもんなあー」

ぐんにょりとダイアン＝フォーチュンは同じテーブルに突っ伏していた。

あのクリスチャン＝ローゼンクロイツが伝説通りの存在だとすれば、こうもあっさり殺されて退場するとは思えない。が、どうも状況を精査する限り銀の青年の正体はヨハン＝ヴァレンティン＝アンドレーエという別人だったようだ。

伝説は伝説に過ぎないという事か。

なまじ、自分自身も伝説に片足を突っ込んでいると、こういう所をついつい忘れそうになる。世界最大の魔術結社(まじゅつけっしゃ)『黄金』は普通に存在するのだから、他の伝説だって同じように存在するんだろう、と。

今ここにいるミナ＝メイザースやダイアン＝フォーチュンはアレイスターとは事情が違う。つまり一九世紀から二〇世紀初頭に活躍していた魔術師『そのもの』ではないのだが、本人と同じ思考と術式はほぼ全て使える。

だから発生の仕組みはどうあれ、ひとまずCRCと名乗っている以上は全く同じスペックを持った人間だと根拠もなく信じてしまった。

ミナ＝メイザースはそっと息を吐いて、

「なら、次はイギリスですね。『不思議の国のアリス』にまつわる話に状況の中心が転じた今、ドイツにいてできる事は何もなさそうですし」

「えーっ!? 仕事が終わったのなら素直にホテルを取れば良いじゃないですかお姉様このニュルンベルクで!! ドイツだと温泉(ホットスパ)文化はあんまり期待できませんけど、でも地ビールとソーセージとジャガイモの国ですよ? たっぷりご馳走(ちそう)食べて大きなベッドに飛び込めばパーフェクトでラグジュアリーなものを!!」

「飛行機についてはまだ最終便と呼ぶほどの時間帯でもないでしょう。それから、成果の出ない作業は仕事とは呼ばないのですよ馬鹿弟子」

「……この場合、むしろクレバーなのは断然わたしであって超ド級のバカなのは日本のブラック学園都市に染まり切ってすっかり社畜バカに堕したバカバカ残念師匠なんじゃあ、痛ってえ!? ついに爪で、ひ、引っ掻きましたね今ア!!!???」

8

「遅いわよ愚鈍」

やっとの事で学生寮まで帰ってくると、部屋の中には当たり前にアンナ＝シュプレンゲルがいた。パスポートも住民票も持っていない謎の幼女が人様のベッドに腰掛け、自分の隣を小さな掌でぽすぽす叩いている。

何でとかもう聞かない方が良いっぽい。

「どうせ放っておいてもアリスと事を構えるつもりなんでしょう? 世界の歪みを止めるのもそう、白い修道女を取り戻す必要があるのもそう。闇雲にぶつかるより、『橋架結社』やアリスについて知識のある人間がいた方がまだしもマシだわ」

「おいっ、まだ俺はアンタを連れていくとは言ってないぞ」

「アリスの力を一部貸与されただけの『矮小液体』ですら殺されかけたわらわごときでは、一〇〇%の力を有するアリス本人とかち合わせるのは頼りない？」

「心配なんだよ」

断言すると、アンナはわずかに黙った。

だがそれでも完全には押し留められなかった。

アンナはこう言ったのだ。

「人質救出となると、タイミングを計った方が良さそうね」

「えっ、ちょ、待つのか？　決める前に話し合いをさせろよ！　インデックスが捕まっているこの状況で、アリスがいつどう動くかだって分からないのに……」

「愚鈍、アリスの気紛れは計算に入れても仕方ないわ。魔道書図書館は一秒後には殺害されるかもしれないし、一年後も仲良くしているかもしれない。分かっているのは、外から救出のために動けるのは一回限りって事だけよ。しくじれば『かもしれない』じゃ済まないわ。一〇〇%禁書目録は死ぬでしょう。それも、『旧き善きマリア』の『復活』も使えない方法で」

「……、」

「当たり前の感情を捨てて冷酷に思考できる悪女としては、時間と作業コストを天秤にかけて、ベストのクオリティを取る事をオススメするわ。下手に最短最速を目指しても質が最低ラインにまで落ちるだけ。たった一度しかないチャンスをそんな風に使い切っても良いの？」

「ふん。トリックスターを気取る割に基本を押さえてきたか」

ガラステーブルの上でオティヌスは腕を組むと、そこで小さく息を吐いた。

「おい人間、そんな迷子みたいな顔するな。時間の消費については状況の悪化として数える必要はないぞ。むしろ、正義の怒りに駆られてぶっつけ本番でドア蹴って人質を助け出すなんて危ない真似(まね)するのは映画の中だけだ。命は一つしかなく無駄には散らせん、実際の特殊部隊なら現場と同じセットを丸ごと組んで何時間も射撃訓練をしてから実行に臨む訳だしな」

情報は、正しい。

にも拘(かかわ)らず、どれだけ山のようにデータを積んでも光明が見えてこない。

先に進むほどどんどん沈む。

ガラステーブルのオティヌスは値踏みするような顔でアンナに視線を投げると、

「仕掛けるとして、なら貴様に具体的なビジョンはあるのか」

「襲撃するなら真夜中」

シュプレンゲル嬢は悪女らしく鼻で笑って、

「何なら日付が変わる一二時辺りがベストね。逆に言えばそれまでに情報収集は終えたい」

「……むしろ逆に夜襲を警戒する時間帯なのではないか？」

「H・T・トリスメギストスならもちろん。ただしアリス＝アナザーバイブルの本質は小さな女の子よ。単純に、そんな時間まで起きていられるとは思えない」

「ふむ」

「もちろんアリスが目を覚ます前に場を制圧するのが最良。そうならないにしても、寝起き最悪なアリスがどこに噛みつくかきちんとシミュレーションしておきたいわね。今のアリスは不安定化しているから予測不能、じゃ魔道書図書館救出のゴーサインとしては弱いわ」

「おい、詐術の神に遠慮は無用だ。もっとゲスな本音で話せよ悪女」

「やれやれ。決まっているでしょう？　不機嫌モードのアリスをH・T・トリスメギストスにぶつけて倒す、まで完璧にコントロールしたい。この悪女が真っ向勝負なんかいちいち付き合うと思って？　簡単に倒せない強敵が複数いるなら敵同士をぶつけて疲弊させれば良いのよ」

「ま、第一、第二候補はそんなトコか。念のため第三候補までは欲しいが」

　何やら悪い笑みを浮かべる二人の声を聞きながら、改めて上条は思う。

　普通にしていれば夜起きていられずに眠ってしまうような女の子。その気紛れな掌の上で、世界を丸ごと破壊するほどのスイッチが雑に弄ばれている。

　こんな事で人類は滅びる。

　上条は眉をひそめて、

「それじゃ時間は良いとして、場所は？」

「愚鈍にとって身近な所」

アンナは断言した。

面喰らってしまう上条だが、適当に言っている訳ではないらしい。

「何しろアリスが学園都市に執着する理由はそこしかないから。もしアリスがよそに行っているなら、劇症型コタツシンドロームは学園都市以外の街や国をゆっくりと滅ぼしているわ。正直に言えば、この学生寮も相当臭かったのよ。それから愚鈍が休んでいた病院もね。でもその二つとも、アリスは顔を出していない。だとすると他の候補はどこかしら……？」

「……、」

「アリスが今ここにいたいと思える場所。あるいは、未来に行ってみたいと夢見た事がある場所。そこで彼女は愚鈍を待っているわ。もしこれだけ聞いて心当たりがあるようなら、多分ストレートにそこが正解よ」

9

夜の闇が世界を覆い尽くす。

大通りを埋め尽くす仮装群衆でも届かない、高層ビルの屋上だった。

より正確には巨大看板を整備するために用意された、前面下部の狭いキャットウォーク。

にこにこ笑うアンナ＝キングスフォード、極めて珍しい事にボロボロになっていた。

具体的にはレトロなメガネのレンズがバキバキに割れている。

「……やれやれ。△見×内ニ腕ヲ上げ⧄たわね、アレイスター。×怒りヤ憎しみヲ創作活動ニ変える方法ハ自らノ指向性ヲ一つノ方向ニ狭め⧄。生産的ではあり⧄×、注意し×ト独りよがりナ術式ニなって世界との連結ヲ削ぐ羽目ニなり⧄ので気をつけて」

「どの面下げて言ってやがるんだクソ馬鹿メガネ自分からわざと殺されて人をあれだけ煽っておいて……。結局先生なんて名のつく生き物は全て等しく信用に値しないゴミクズなのか」

『二三〇万人が暮らす学園都市を作った者の台詞とは思えん言い草だな』

ゴールデンレトリバーが細い金属アームから太い葉巻を一本取り出して、またもやキングスフォードに指で摘んで取り上げられていた。こういう何気ない仕草やクセを見ると、悪い冗談ではなく本当に生きて目の前にいるのだとアレイスターは実感する。

アンナ＝キングスフォードは生きていた。

「潤んでいる場合ではあり⧄×よ」

「誰の目元が潤んでいると」

「此処～ガ本番ですわ」

達人が鋭い切れ味の言葉を放つ。

空気が変わった。

真の魔術師にとって、人間の内面と外に広がる世界は同一なのか。

アンナはめっちゃくちゃに壊れたメガネをスペアのものに掛け直しながら、

「己ハ本来デあれば只ノ永久遺体。世界ニ横たわる大きな危難ガ霧散し奉仕ノ必要ガ×なれば、この場ニ留まる必要モ特ニ感じ〼×。死体ハ只死体ニ戻るのみ。にも拘らず己ハ千切れた胴ヤ首ヲ繋げてでも不自然ニこの学園都市ニ留まり〼た。そうすべき理由ガ×残っている〜だ、ト捉えていただけ〼と」

「……アンナ＝シュプレンゲル、そしてクリスチャン＝ローゼンクロイツ。そこで終わりではないと？」

「『薔薇十字』ハ脇道ニ過ぎ〼×。『橋架結社』という組織ニ世ヲ救う主としてちょっかいヲ出されたせいデ表舞台ニ引きずり出されハし〼た×、本当ノ脅威ハ別ニある。『橋架結社』ノ中心核ハ最初〜目ノ前ニあった筈ですわ。アリス＝アナザーバイブル。彼女には最初〜隠す気すら×った」

「一体、これから何が起きるというのだ？」

「彼ガ×に〼」

危うく聞き逃すところだった。

あまりにも自然に、アンナ＝キングスフォードは告げたのだ。

瞳の色は哀しげに。

それでいて、この達人が過去に間違いを言った事が一回でもあったか。

「上条当麻ならば乗り越えられるト考えてい⧄か。何だかんだデ今回モ何とかなるト根拠モ×信じてい⧄か？　×、今日だけハ事情ガ違う。何しろ条件ヲ揃えたのはあの少年自身なのです〜」

「……、」

「故ニ、残念ながら今回ハ本当ニ×ぬノです。……そして少なくとも、火中ニいる彼ニだけハ状況ヲ覆す事ハでき⧄×。絶対ニ」

10

学園都市のどこかにいるアリス＝アナザーバイブルを襲撃する。

決行予定は日付が変わる午前一二時。

場所については上条当麻に所縁のある場所。これについては下手な魔術知識よりもツンツン頭自身の経験や知識をあてにした方が確実だ。

アリスという怪物に対して既存の魔術でどこまでできるのか、それはアンナ＝シュプレンゲルにも分からない。実際に開祖であるクリスチャン＝ローゼンクロイツがあっさり殺された以上、『薔薇十字』の術式だけで圧倒するのはほぼ不可能だろう。

しかし、ここでアリスを止めなければ学園都市は暴走した群衆の中に沈んでいく。

アリス自身にその意志があるかどうかに関係なく。

一日前のシュプレンゲル嬢なら鼻で笑って引っ掻き回していたかもしれない。モラルや良識を自ら消し去る事によって敵味方の誰にも予測のできない行動を取り、結果として身の丈以上の戦果を確実に獲得する。それこそ悪女の本領でもあるのだから。

だけど、今は違う。

「……、」

一月六日、夜一〇時だった。

ただでさえ規格外のアリス戦で、しかも人質救出となると究極的にデリケートな話になってくる。情報収集から襲撃計画の詰めまで全部考えると、そろそろ動きたい。アンナは狭い部屋の中を歩き、ツンツン頭が寝床代わりにしているバスルームの扉をノックする。

返事がない。

怪訝に思い、呼びかけ、そして小さな手一つでドアを錠前ごと毟り取った。

誰もいなかった。

「愚鈍……？」

11

上条当麻(かみじょうとうま)は夜の街にいた。

学生寮から一〇〇メートルも進まない内にもう立往生だ。

『それ何のコスプレなん？』

『ゾンビハザードのスターチス！　バンバン、ばこーんっ‼』

『何それ映画版コスなの分かりにくいよ⁉』

笑いながら武器を構えている黒服特殊部隊っぽいコスプレ集団だが、おそらく大型リボルバーやグレネード砲については警備員(アンチスキル)辺りから奪った実銃だろう。

みんな笑顔だった。

悪意なんてなかった。

こんなので学園都市(がくえんとし)の機能は止まり、そこから全大陸の経済だって等しく崩壊していく。

世界を滅ぼす側にその自覚すらない終末。

どこもかしこも道路は人混みでびっしりだ。人口密度は満員電車よりひどいので、真面目に人混みを割って歩こうとしたら五〇メートル進むだけで夜が明けてしまいそうだ。でも時々変に空いている空間がある。そういう場所は大抵、観光カート感覚で何十トンもある戦車や装甲車を乗り回している中高生がいるものだ。当然無免であちこちガードレールや街路樹を薙ぎ倒している。

こちらもリュックみたいなサイズの通信設備を強奪されたのか、同期設定を奪われた軍用ドローンが横に倒したスマホでもってゲーム感覚で操作されていた。

どこかの学校から持ってきたのか、こんな道路の真ん中まで校長先生の銅像が御神輿みたいに胴上げされている。

「(これが全部アリスにあてられていい、いるものだとしたって、もうこれ以上あいつに間違った事はさせられないぞ……)」

闇雲に突っ込んでも、ただ隙間のない人の壁に弾き飛ばされるだけだ。

群衆が暴れたり車が突っ込んでくればそれだけで死ぬ。

人間は、必ずしもドラマチックな死が待っているとは限らない。

「(インデックスだって捕まったままにはしておけない。くそっ、どっちも無邪気な食いしん坊だろ。二人で仲良く手を結ぶって選択肢はほんとにないのかよ!)」

遊び半分で乗り回す装甲車が前に出たせいで、群衆が左右に分かれた。

この隙に上条は再び物陰から走り出す。

その上で、だ。

「(アンナやオティヌスには悪いけど、今回は死の匂いが強過ぎる。将棋ならともかくチェスじゃ誰にも頼めない……。『旧き善きマリア』の『復活』もアリスの致命傷には通じないし。

やっぱり巻き込めそうにないかr

「アホか人間」

「うわあ⁉」

本気で驚いて自分の足が絡まり、危うく冷たい地面に転びそうになる上条。

肩の定位置に着いた一五センチの神は呆れた顔で、

「……ここまでくれば貴様のやる事など流石に把握できてくる。むしろ、完全記憶能力を持つあのシスターが何度も黙って出し抜かれていた方が不思議でならない」

「と、止めに来たのかよ？」

「何を」

「アリスを助ける事」

沈黙があった。

こういう時、オティヌスはすぐさま噛みついてきたりはしない。

無言のまま先を促してくる。

「だって、アリスは全部の原因かもしれないけど。インデックスの命は危ない。このまま放っておいたら街を埋め尽くす暴徒達が街を壊してしまうかもしれないし、アリスの気紛れ一発で世界なんか滅びちゃうかもしれないけど……」

「……、」

「でも、誰が悪いかって話になったら、それはあの子じゃないだろ？」

上条は己の右手に視線を落とす。

ゴリゴリとした鈍い衝撃がまだ残っていた。巨大な竜王の顎でクリスチャン＝ローゼンクロイツを殴り飛ばした時の感触が。まざまざと。

普通のケンカともまた違う。明らかに他者の命を、人生を、可能性を奪って諦める『力』。

あれを、アリスにやるのは嫌だ。

たとえ世界が今夜終わってしまうとしても。絶対に。

アリスが死んだのを目の当たりにした時、上条当麻は抜け殻みたいになった。

何も考えられなくなった。

ＣＲＣ戦でアンナ＝シュプレンゲルの救出に全てを注いだのも、ある意味では決定的な死を覆せないという諦めに似た感情もあったのだろう。

だけど。

あの子がまだ生きているのなら。

手を伸ばせば届くのなら。

アリス=アナザーバイブルの話はまだ終わっていない。今ならまだ間違いを正して、インデックスも一緒に助けられるとしたら。

インデックスとアリス。学生寮で朝ご飯を食べた時の事を思い出す。

もう一度、みんなで一緒にあれができるのならば。

(命を賭ける理由くらいにはなってくれるよな……)

「アリスを担いだ『橋架結社』、アリスを殺したローゼンクロイツ、そしてアリスを見限った俺自身……。元凶なんか他にいくらでもあったはずだ。アリスとは決着をつけなくちゃならないかもしれない。だけど、それはあの子を殺しておしまいなんて方法じゃない。どんな形であれ俺はインデックス助けてアリスが笑って終わるやり方にするぞ。あの子が世界に絶望してどうにかなっていようがそう望む資格くらいはあるはずだし、俺だってそれくらいの義務を感じたって良いはずだ！　だって俺がアリスを追い詰めたんだから!!」

「ならそれで良いんじゃないか？」

意外なくらいあっさりとオティヌスが言った。

逆に上条の方が面喰らってしまう。

「何だ？　私は貴様の『理解者』だぞ。アリス=アナザーバイブルは確かに前年クリスマス辺りから続いた一連の騒動の中心点だ。このままではいつかどこかの時点で魔道書図書館は絶命する。今ある騒動も放っておけば、それがどれだけ馬鹿馬鹿しくあろうが学園都市を沈め世界経済が崩壊するのも止められなくなるだろう。……だが、だからといってアリスを殺すのが正解か？　戦争の神なら迷わずイエスの一択だが、人間、貴様はそういう訳ではないだろ」

「……良いのかよ、それで？」

「悪女アンナを助ける助けないですでにあれだけ迷惑をかけておいて、何を今さら。良いか悪いかで論じる段階なんかとっくの昔に過ぎているだろう」

「……、」

「これは間違いなく世界の命運を決める戦いだ。やり方を間違えれば禁書目録には二度と会えないし、明日なんかやってこないかもしれない。……それでも、こいつは人間とアリスの二人の問題で、そこに例の修道女まで絡んでいるんだろ？　なら好きか嫌いかで決めちまえよ。当人の決断以外に流れを変えられる材料なんかどこにもない」

上条は小さく笑って。

それから改めて、強く走り出す。

肩の上のオティヌスが改めて尋ねてくる。

「場所は？」

「学校」

上条にとって身近な場所。

学生寮も相当臭かったとアンナは言っていたが、でも違った。

アリスは一度、学生寮を見ているからだ。
だったら、まだ一回も足を運んでいない場所をより渇望しているはず。
「多分アリスは一度で良いからそこを見てみたいって思うはずだ!!」
断言すると、何故か肩のオティヌスから呆れのため息があった。
一度は完全に世界を滅ぼした軍神が言った。
「……もったいぶりやがってあの野郎、私と同じ論法かよ」
やっぱりこのままにはしておけない。
インデックスは必ず助けるし、アリスの間違いだって止める。
あの子を化け物なんかにはしない。
大切な人が、大切な人を傷つける場面だけは絶対に阻止しなければならない。
どんな形であれ、アリス＝アナザーバイブルとの決着をつける時が来た。

第二章　極彩色へようこそ　Little_Queen_Wonderland.

1

第一〇学区の刑務所だった。

その一番奥の奥、最厳重の独房こそが、新統括理事長・一方通行（アクセラレータ）の根城である。

「アリス＝アナザーバイブルについての情報があるって？」

『はい』

壁に埋め込まれた巨大なテレビに映っているのはミナ＝メイザース、らしい。

前にも夜の学園都市（がくえんとし）で遭遇した事のある、自称黒猫の魔女。

『現状、学園都市（がくえんとし）の新たな王となったあなたであれば、だからこそ、壁の「外」に広がる世界について少しは知覚可能ではあるでしょう。具体的に生命力から魔力を精製して術式を構築するまでとは言わずとも、学園都市（がくえんとし）の超能力開発とは違った神秘がどこかに存在すると』

「向こう側の話か」

『あなたが全権限を使って検索をかけても見つからないものが、世界の半分ほどを覆っている。簡単な話なのですよ。科学サイドの全域を調べても答えが出ないなら、それは素直に魔術サイドの産物と捉えるべきなのです』

一方通行(アクセラレータ)は舌打ちした。

こういう時、判断の助けになるものが人造の悪魔クリファパズル５４５しかいないのは問題かもしれない。

いくら有用であっても一本はまずい。それはアキレス腱(けん)に化ける。

最低でも二本、できれば三本。

クリファパズル５４５が簡単につけ上がって心が腐るとは思えないが、重要度が上がると敵から襲撃されるリスクも増える。ラインを何本増やそうが、危険をゼロにできるとは思わない。だが安定して値を一定以下まで抑えるためにも、ここは今後の課題になるだろう。

ともあれ、

「言うだけ言ってみろ。可否についてはこっちで判断する」

『無条件で情報を差し出すとは言っていませんよ』

「……この局面で交渉か？」

空気が凍る。

こうしている今も街には暴徒達が溢(あふ)れ、学園都市(がくえんとし)は少しずつ破壊が進んでいる。

警備員(アンチスキル)や風紀委員(ジャッジメント)には実弾が支給してあるが、高位能力者まで混じっているとはいえ、街の住人が街の住人に向けて発砲しても学園都市(がくえんとし)の中から損害が広がるだけ。

結局得をするのは外からやってきて場を歪(ゆが)めるアリスだの『超絶者(ちょうぜつしゃ)』だのだけだ。ヤツらは○円でこの街を沈め、世界を丸ごと滅ぼせる。

ここを早急に叩(たた)いて死の蛇口を締めなくてはならない。

今すぐに。

分かっていて値段を釣り上げるために焦(じ)らしてきたのだとしたら、大したタマだ。

こちらは新たな統括理事長。

学園都市(がくえんとし)がどういう街に育っていくかは、この肩にかかっているというのに。

『そもそも私は別に学園都市(がくえんとし)に与(くみ)している訳ではありません。今はもう、純粋な科学サイドの住人ですらない。したがって、私は私の利のために手に入れた情報を開示すると言っているのです。条件が満たされない場合は開示する理由も消失します』

「……、」

『アレイスター＝クロウリー。私については好きなようにブラックリストに載せて構いませんが、あの「人間」は違います。アレイスターはすでに一度イギリスで死に、二度目の死も迎えて、罪を償った。死より重い罪はなく、「人間」は自分の意志でそれを受け入れた。あなたが直接コードリストを受け取った後継者であるのは把握しておりますが、前任者を邪険に扱う理由はないでしょう。危難の時くらい、助言を求めても良いのではないですか』

『おやおや』

と、いきなりだった。

一方通行(アクセラレータ)が承認していない誰かが突然通信に割り込んできた。

この最厳重の刑務所の中において、全く未知の経路からのアクセス。

ある意味では一方通行(アクセラレータ)以上に学園都市(がくえんとし)の仕組みに精通しているであろう『人間』の業(わざ)。

以前、コードリストを受け取った時とはかなり見た目が違うようではあるが。

『何やら私が組み上げた演算構成が無駄に迷惑をかけているな。それは基本的にどんなに悪ぶったところで本当の意味で悪事は働けない思考を形成している。何がどうなろうが最終的にはアリス＝アナザーバイブルに関する情報を出すよ。私や君とは違うから安心して良い』

『アレイスター。今は私が自分の持ち得る情報を使って学園都市(がくえんとし)の総合窓口から公的な取引を行っています。悪いようにはしないので、余計な口出しをしないで引っ込んでいなさい』

『何でそんな前のめりにイキッているんだ、君らしくもない。私の扱いがどうだろうが君が有能だという事くらいは誰でも分かる。ミナ＝メイザースとしての実力を証明した上で改めて学園都市(がくえんとし)とのパイプを築けば、話くらいは聞いてもらえるだろうに』

『(……私の名義だけでは意味がないというのが分からないのですか薄ら孤独バカ)』

俺を巻き込むンじゃねェよ馬鹿二人、と一方通行(アクセラレータ)は低い声で呟(つぶや)いた。

面倒臭い人外ツンデレだ。

「結局、持ってる情報を出す気はあンのか、ねェのか」

『こほん。まあ良(い)いでしょう。ただしこれは、私ではなくとある「人間」に対する貸しだという認識をしておいてください。新統括理事長の交渉カードを一枚いただきますよ』

『ミナ。低めのシリアス声で凄(すご)んでいるところ申し訳ないが、枠外から赤ちゃんの泣き声が聞こえる。いったんオンライン会議から離脱してあやしてもらっても良いんだぞ』

『……一体誰の子を預かっていると思ってやがるんですかこのベビーシッターに全部丸投げすれば親の義務は果たしたとかカンペキ勘違いしてる育児放棄のすっとこどっこいが……』

言いながらも律儀(りちぎ)に画面の外で何かしているようで、きゃっきゃはしゃぐ声に混じってミナ＝メイザースがこう切り出してきた。

改めて。

『一番古いものですと、アナザーバイブルという単語が引っかかったのはイギリス、ロンドン郊外、二〇世紀初頭となります。アレイスター、あなたはすでに妻のローズを連れて世界一周旅行に出かけていたから当時同じ場所にはいなかったはずですが』

『……私のいない間に、イギリスで何か?』

『当時としては新たな潮流です。「不思議の国のアリス」は一冊の魔道書であると認識し、そこに書かれている隠された意味まで全て理解する事で世界の成り立ちやそこからの操作まで可能になるという学説が発生していたようなのです。当然ながら表面的に文字を追って一九世紀当時のルイス＝キャロルが何を見ながら想像力を働かせていたか、だけでなく、文章を数字に置き換えたり順番を入れ替えたりする「暗号の解読」も込みでの話ですね』

『なるほど、それでアナザーバイブルか』

『はい。聖書を無理矢理独自ルールで読み解こうとする魔術結社はいくらでもありますが、それを「不思議の国のアリス」でやろうとした訳ですね』

ともあれ顔も見えない当時の魔術師が目指したものは明確だ。

『不思議の国のアリス』を忠実に再現するための、媒体。

人の形をしたそういう魔術。

『ディテールを極限まで細かく追求するとしたら、実際に使われた「素体」については当然世界で一つに限られるでしょう』

言うまでもないが、『不思議の国のアリス』はフィクションだ。

不思議の国もアリスも現実には存在しない。

そこを踏まえた上でミナ＝メイザースは強く言った。

『アリス＝プレザンス＝リデル』

しばし、沈黙があった。

ミナ＝メイザースはそれこそ機械のように言葉を並べていく。

『そもそも「不思議の国のアリス」は最初から一般大衆向けの書籍として出版するために作られた物語ではありません。一八六二年七月四日、数学講師だった当時のルイス＝キャロルが少女アリスを含む複数人に話して聞かせた即興の物語「地下のアリス」をベースにしています。つまり絵本そのものは全くのフィクションですが、少なくとも主人公の少女だけは明確なモデルが存在する』

『それをどこぞの魔術師がさらって徹底的に改造を施したモノが、今のアリス＝アナザーバイブルだと？』

『だとすれば、今いるレギュラーな「超絶者」達がアリスを原型や雛型という扱いで敬うのも頷けます。彼らはアリスの骨格や臓器の配置を見ていた訳ではない。もっと別の何か、アリスという一人の少女を改造し尽くした術式そのものをアナザーバイブルという一つの結果から抽出・復元して自分自身に適用する事で、自由自在に神の外見や機能を着る神装術へと発展させたのでしょう』

それがアリス＝アナザーバイブルの正体。

どこにでもいるありふれた少女、だったモノ。

絵本のモデルにして生きた人間を童話のヒロインになるまで作り直した、何か。

現実から絵本に、絵本から現実へ。メビウスの輪にも似た虚と実のねじれた連結。

そしてそれを可能にした一つの術式。

『まったく。童話や絵本は精神を集中し瞑想状態に入るためのイメージ作りの材料としては非常に有益ではあるが、まさか童話が世界の真実そのものを突いているなどという誤認を発生させるとはな。なまじ暴走したままコトを進めて一定以上の成果を上げてしまうのが頭の痛い話ではあるのだが』

『他人事じゃありませんよ、アレイスター』

『？』

『もう薄々は分かっているとは思いますが、「不思議の国のアリス」を魔術照応的に殊更強く推薦しているのはあなたじゃないですか。アレイスター＝クロウリー。何でしたらご自分で書いた魔道書の何ページ目か指摘をしてもよろしいのですよ』

『……、』

『カバラの達人なら違いが分かる一冊などと知ったかぶりが釣られそうな事を言っていましたが、実はさほど深く考えていなかったのでは？　あなたは同じページの項目に、「ドラキュラ」など当時の流行作品をそのまま並べていましたよね。クロウリーという個人を悪意的に取り扱ったモームの「魔術師」すら必読扱いに推薦して身内へわざと紹介していた。面白がって。魔道書の片隅に書き込んでいたのが有名ではありますが、口頭での吹聴くらいはそれよりかなり前からやっていたでしょう』

……一方通行(アクセラレータ)はため息をついた。

捨てたはずの過去が牙(きば)を剝(む)くくらいなら、さほど珍しい現象でもない。

流石(さすが)の第一位でも冗談や悪ふざけで世界を滅亡に導いた事まではないが。

『となるとまさか黒幕は私の弟子か？』

『それにしては年代が古いですね。あなたの登場と同時期にはすでに活動していた形跡があります。つまり、あなたの師というのが近いのでは？』

くくっ、という笑みがあった。

アレイスターは嗤(わら)っているようだった。

『私のお師匠様、ねえ？』

「そいつは誰だ？」

『さあ？』

「生涯一度も会った事がねェって？　ふざけてやがンのかオイ、オマエに魔術を教えた身内って話だろォが」

『クロウリーの師と言われても単純に数が多すぎる。何しろ私は有名過ぎるからな。親に親戚学校の先生に各種魔術結社の皆々様、わずかでも接点を持った者の意見は大抵真っ二つだ。そんなヤバいヤツ知らない巻き込まないでくれ派か、あるいは逆にあの有名人はオレが一から育てたのだ派だな。言うまでもないが、後者の方が圧倒的に多い。直接の知り合いからはとにかく嫌われ、間接の他人にばかりやたらと信仰されるのがこの私なのだし』

「……、」

『何しろ、公的に私が死んだ一九四七年以降も勝手にそう名乗り出す魔術師が世界中で増殖し続けているんだぞ？　今この瞬間だって、時系列を完全に無視してでも。永久遺体ではなく、一九世紀生まれのアリス＝プレザンス＝リデルと生きたまま接触しているという事はこいつの場合そこまで離れてはいないだろうが、実際、心当たりはないよ。ありふれた、世界中にいる、よくできた魔術師の一人というだけだ』

　歴史の積み重ねというのも善し悪しだ。

新統括理事長にして学園都市第一位の超能力者。そんな一方通行とはまた違った歪みが発生していた。

『ちなみに一九〇四年、私がエイワスから「法の書」を授かった後に発生した魔術師は多かれ少なかれ全員私の影響を受けている、とみなすのが魔術サイドの中では普通の考え方だ。今の時代、オカルトという言葉の意味はすでに私が塗り替えている。まあ世界の奥に隠れ潜む方々（笑）の中には負け惜しみに近い異論もあるだろうがね。少なくともこの現代において、私の影響を一ミリも一グラムも受けずに魔術を習得するのはまあ不可能だろうな』

『科学という言葉だって好き放題に書き換えたでしょうが。科学的である事は、別に高次でも現実的でもありません。そもそもあなたが生まれるまでは科学と魔術の間に明確な線引きはなく、ただ世界の自然を知るための「学問」があっただけです。例えば一九世紀当時、「黄金」という魔術結社は学者、詩人、女優など様々な業界の知識人が集まる秘密のサロンという扱いでした。魔術とは現実を見ない変人の行いではなく世界を正しく知るためのお勉強だったのです。アレイスター。結社を憎むあなたが定義をねじ曲げ、今日の科学中心の常識の基盤を構築した。科学的である事とリアリティ信仰をイコールで結んで世に広め、逆説的に、魔術やオカルトなど分からず屋の変態のオモチャに過ぎないと貶めるために、です』

世界に対する影響力が高過ぎるというのも善し悪しだ。カリスマの力は良くない方向にも働くというこれ以上ない見本になっている。

アレイスター＝クロウリー。

月の裏側にでも隠れなければこいつの影響下から逃れる事はできないとでも言うのか。

「おい、使ってる技術の詳細までは知らねェが、ようはクロウリーの師？　中身があるンだかねェンだか分かンねェそいつが暴走してしくじっただけなンだろ。火消しはそっちでできねェのか。互いのやり口知ってて手も足も出ませンなンて間抜けな話は許さねェぞ」

『失敗にも色々なケースがある』

半ば呆(あき)れのニュアンスでアレイスターは応えた。

多分、『黄金』とやらの末路もこんな目で眺めていたのだろう。

『不発で終われば誰も困らないが、失敗とはそれだけではない。例えば、足りない知識で実験炉を作ってはみたもののコントロールにしくじって無秩序に核分裂が始まってしまった……なんてケースだったら？』

「……、」

『アリスはいる。明らかに成功しすぎている。だがそれを創った魔術師はどこにもいない。あれだけの作品を仕上げた術者なら良くも悪くも目立つはずだが、気配すらない。分からないか？　クロウリーの師とやらはどこかで会った「黄金」の誰かかもしれないし、あるいは全く関係ない肉屋の店主や酒場の酔っ払いかもしれないが、それが誰であれとっくに死んでるよ。おそらくはアリス＝アナザーバイブルという個体を完成させたその直後に、自分自身の金字塔の手で一番に消し飛ばされている。だから世界中捜し回ったって死体はおろか思念の切れ端すら見つからないんだ』

鼻で笑っていた。

自分で発明した拷問器具の餌食(えじき)にされる職人でも見るような、シニカルな目で。

そういう事を楽しめる『人間(レベル5)』でもあった。

学園都市(がくえんとし)でこれだけ凶暴な超能力者どもを開発してきたアレイスターは、しかし実際、そういった連中から直接牙を剝かれる展開は避けてきた。例えば七人が結託して行動すれば街の一つくらいは瓦礫の山にできただろうに、ほぼ全員が学園都市に何かしらの不満や恨みを持っていながら何故か不思議なくらいそうなってはいない。超能力者はたまたまの一瞬だけ共闘する事はあっても、いつだって絶対に長持ちはしない。でもそれは誰の都合で？　アリスの製造者とは違って管理が行き届いていた、という訳か。

とにかく、アリス＝アナザーバイブルの根幹にはクロウリー式の魔術、magick が深く関わっている。

アリス＝プレザンス＝リデルをさらった魔術師というのが具体的な知り合いではない以上その術式とやらを直接的に理解まではしていないだろうが、近代西洋魔術とやらの枠組み自体を完成させたアレイスターであれば断片からの類推は不可能ではないはず。

光明は見えた。

学園都市を捨てた『人間』を、存亡を左右する中心核に置くのは激しく気が引けるが、まあ魔術絡みについては人造の悪魔クリファパズル545辺りに監視させるしかないか。

そんな風に新統括理事長が思っていた時だった。

一方通行は不意に顔を上げた。

「誰だ？」

ザギギンッ!!!!!!　と。

刑務所の分厚い耐爆壁にいくつもの直線が走り、切り分けられ、重力に引かれてガラガラと崩れていった。

理論上は学園都市第一位のベクトル攻撃にすら耐えるとされた、『窓のないビル』と同質の壁が、裏面にあたる外側からとはいえあまりにもあっさりと。

「……オイ」

一方通行はそのままだった。

ベッドに腰かけたまま低い声で呟く。

「誰だっつってンだろ、答えねェのは知性と礼儀のどっちが足りてねェンだ？　俺は自分から檻の外に出るつもりはねェが、向こうから勝手に踏み込ンでくる馬鹿の命まで保証したつもりもねェぞ」

キン、という小さな金属音があった。杖に偽装した鞘に細い刃をしまった音。

そして瓦礫の向こうで、黒髪の青年執事は丁寧に一礼した。

告げる。

「Ｈ・Ｔ・トリスメギストス」

「……、」

「あなたが学園都市をどう動かしたところでこちらは痛くも痒くもありませんが、それで我がアリスがキレて暴れてしまうと大変面倒ですので。……外野と外野、一般的に考えてあなたに

はこの程度の難易度がオススメですよ？」

2

小さなアンナ＝シュプレンゲルはむくれていた。

置いていかれた。

なおイライラするのは、上条当麻(かみじょうとうま)が一人で消えた訳ではないという点。

自分の扱いは部屋の隅で丸まっている三毛猫クラスか。

アンナは慌てて学生寮から外に出ようと玄関の扉を開け放ち、足踏みし、意味がないと悟る。

そもそも上条(かみじょう)やアリスがどこにいるのか目星がつかない。

（……アリス＝アナザーバイブルの変調については何も愚鈍一人の責任とも限らない、特に意図して彼女を『正常な超絶者(ちょうぜつしゃ)』から脱線させたわらわに押しつける事もできたでしょうに）

確かにアリス＝アナザーバイブルは規格外だ。

『薔薇十字(ローゼンクロイツ)』系の秘術の限りを尽くしても、正面からでは勝てないだろう。

だが分かっているならやりようはあるのだ。

むしろ裏に回って汚れ仕事をこなし、不可能を可能に変える事こそ悪女の得意技だというのに。一度は『橋架結社(はしかけけっしゃ)』で保護されていたアリスにアクセスし、まるで絵本の主人公を見るような目で上条当麻に興味を持つよう仕向ける事に成功した事実を忘れているのか。

(まさかそういう汚れ仕事をさせたくないから黙って出かけただなんて馬鹿げた話をするつもりじゃないでしょうね、愚鈍)

「ええい!! まずは占いでも使って場所の絞り込みから始めるしかないわね。反則上等。何しろ今回に限っては、上条当麻とアリス=アナザーバイブル以外に頭を使って正しい答えを導き出せるとは思えないし……」

もちろん、馬鹿正直にタロットや水晶で占って答えが出るとは思えない。

アリス=アナザーバイブルはそこまで甘くない。

だが魔術知識に乏しいこの学園都市で、シークレットチーフの巫女という絶大な肩書きを持つアンナの『検索』を強烈に弾く存在がいるとしたら?

二人がいるのは間違いなくそこだ。

実践のスクライングに水晶の真球は必要ない。アンナはその辺にあった虫メガネを太い油性ペンで黒く塗り潰しながら、

「まったく、わらわが到着するまで勝手に死ぬんじゃないわよ愚鈍!!」

3

自分の通う高校。

といっても実はここがややこしい。『魔神』僧正辺りにぶっ壊された元々の学校と、その後に間借りしていた学校の二つがあるからだ。

どちらが正解という訳でもない。論理的に答えを出す事なんて誰にもできない。

上条自身がどっちだと思うかでしかない。

絵本の少女が気紛れに不思議の国を歩いて回ったのと、全く同じく。

結局、彼が選んだのは元々あった高校の方だった。

学園都市は様々な科学技術が『外』の世界と比べて二、三〇年は進んでいる。『魔神』僧正、エレメント、他にも色々。たとえ街並みを壊されても極めて短期間で元の形に修復、または再開発されてしまう。

上条の高校も同じだった。

そう説明されなければ建て直した事すら誰も気づかなかっただろう。巨大な校舎と土の校庭、それからプールや体育館といった付属物。建物のシルエットはまだ建設用の足場や分厚い防音シートなどで覆われているものの、すでに一式完成している。何だか開封を待つプレゼントのようだった。当たり前の学校は当たり前にそこにあった。

「すごいな……」

肩にいる一五センチのオティヌスが小さく呟(つぶや)いていた。

上条(かみじょう)は眉をひそめる。

確かにすごいが、ただの科学。分かりやすい力を失ったとはいえ、仮にも『魔神(まじん)』なんていう存在が学園都市(がくえんとし)の建設技術なんぞに感嘆のため息をこぼしたりするものだろうか？

「全然違う、そういう意味じゃない。まあ地脈の乱れや歪(ゆが)みを察知しろとは言わん。踏み込んでみれば分かるよ。どっちみちアリスに会いたいなら避けて通る事はできないしな」

「？」

学校の校門だった。

そろそろ深夜になろうという頃合いなのに、スライド式の鉄の門は何故(なぜ)か開いていた。

上条(かみじょう)が一歩足を入れた瞬間だった。

世界が一変した。

特に目に見えて色や光が変わった訳ではない。

ただ、踏み込んだ瞬間に上条(かみじょう)は顔をしかめた。

沼、とは違う。

これはもっとまずい。名前を使って認識したら頭が壊れてしまいそうなくらいには。

コストやスタミナを強く意識しろ。

無駄な事など一つもできない。

ここから先は、ただの歩行でも命にかかわる。

ただの高校生でもそう分かる。

肩にいる軍神オティヌスが言った。

「……アリスがその気になれば、目の前の景色なんてどんな世界にも作り替えられただろう。第一二学区にある領事館などが良い例だ」

「あれは周りの『超絶者』が作ったんじゃなくて？」

「レギュラーな『超絶者』にできる事はキホン全部アリスもできると仮定しろ。むしろあっちがオリジナルなんだろうから」

「おりじ……？」

「本当に何のヒントもなく、『橋架結社』の連中が神を着こなすなんて大仰な術式を自力で編み出せると思うか？　自分じゃ無理だからという理由で魔法名まで捨てて他人にすがるような烏合の衆の地力がそこまで高いと？　……言ってみればレギュラーな『超絶者』とは、アリス＝アナザーバイブルというオープンソースの細部を各人の好みで書き換えて使いやすくした自分カスタムだよ。アリスの正体そのものは知らないがな」

オティヌスの口調自体は辛辣だが、これは地球の誰に対しても同じだろう。

むしろ、

「？　……言ってる割に軽蔑してるって感じでもないな、神様」

「特にそうする理由がないからな」

本物の神からあっさりと返答された。

何が正しい、ではない。ただやり方が違うだけ。人間国宝の舞踏家がスマホ動画の中で楽しそうに体を動かす若者達を観て感心するような口振りだった。

自身が信仰を集め単独で神と呼ばれる存在にまで己を磨いた隻眼の少女は、古今東西のあらゆる神を選んで安易に着こなす『超絶者（ちょうぜつしゃ）』をそんな風に評価しているらしかった。

「そもそも魔術とはその定義からして邪道。ここは、正攻法の限界で素直に足を止める真っ当人間は単に頭が硬いと馬鹿にされるイカれた世界だよ。足りない力を自覚した上で、だから現実の壁にぶつかって諦めるのではなく、悪あがきを重ねてでも目標ラインに到達しようという姿勢には魔術師としてさほど違和感を覚えん。……まして北欧の最高神とは『詐術の神』だぞ。この私がオッレルスを倒し、ヤツの未来や可能性を奪って『魔神（まじん）』と化したのを忘れたか？」

「……、」

「ま、どっちみち生まれた世界を捨ててまで『理解者』を取ったわがままな私だ。己の内も外も全部捨てて異なる神を着る方法など、自分に適用しようとは思わんがな」

スケールが違い過ぎて、上条（かみじょう）としては呆（あき）れるしかない。

まさか神なんて言葉が地に足の着いた世界で普通に語られる時代がやってくるとは。

頼もしい仲間として。

あるいは現実の脅威として。

「根本的にアリスは正答か矛盾かを問わず、一度でも机上に現れたあらゆる理屈や理論にブリッジを繋げて意のままに操る規格外だぞ。天動説、燃素、人類の月面着陸は嘘だった、二〇〇〇年問題は全世界のコンピュータを暴走させて世界を滅ぼす、ニュートリノは光速を超えてしまう、つまり何でもあり。アナザーバイブルの自由度は魔術という枠組みすら軽々と飛び越えているぞ。ヤツにできない事は実質存在しないと言った方が手っ取り早いほどにな」

当たり前にここにいる一五センチの眼帯少女は呆れたように息を吐いて、改めて夜の校舎に目をやる。

「その上で、この景色は今の形のままが一番良いとアリス自身が判断したんだ。逆に執着を感じるだろ？　たった一つ、いくらでもできるクラフト機能を使って小道の幅や建物の角をちょっと削っただけで全部興味をなくすと言外に言っているんだから」

「……、」

「だが形はどうあれ、ここはすでにアリスの城の中だ。人間、貴様にとって優しい世界ではないはずだぞ」

死の密度が上がる。

元から上条は不幸だったけど、今夜だけはそういう意味じゃない。

作為がある。

誰かにとって都合の良い世界。

それだけで塗り固められた場所。目には見えない確率まで含めたその全部が侵入者に牙を剝いた時、上条当麻に何ができる？

「構えろ人間」

『魔神』オティヌスは小さく言った。

戦争の神としての嗅覚で探り当てたのか、あるいは魔術か詐術か。

「来るぞ」

4

第七学区、鉄橋。

大抵の大きな通りには仮装した暴徒達が溢れているというのに、この橋だけは車なんて一台も走っていなかった。許さなかった、と言い換えた方が良いかもしれない。

あるのはいくつかの影。

『超絶者』対『超絶者』。

彼らの扱う術式を考えれば歩いて橋を渡る必要さえないだろうし、世界の歪みの中心点たる『とある高校』に向かうルートはそもそも一本道『だけ』ではない。

それでも敢えて全員がここを選んで集まった。

誰が決めた訳でもないのに、示し合わせたように。

河川。自分の決断で境を越える、という一種の儀式だったのか。

「ま、こうなる事は簡単に予測がついたから、わたくし達も彼に手を貸す事にしたんだけど」

「……『橋架結社』全体からすれば、ママ様達はアリスに対する裏切り者というくくりになるのでしょうか？」

「アリスが死んだら散り散りに逃げ、生き返ったらまた集まって。そんなコウモリ連中の言葉に夜と月を支配する魔女達の女神を止めるほどの重みはないってば」

ふんと整った鼻から息を吐くアラディアを見て、大きな帽子ごと首を横に振ったのは『旧き善きマリア』だった。

「随分と入れ込むようになりましたね、彼に」

「なぶらばにを言っているのか意味不明でるば」

「クールなまま全部壊れています」

「ま、普通に考えたらわらわ達レギュラーな『超絶者』がいくら集まったところで、頂点に立つぼっけえアリス＝アナザーバイブルそのものに勝てるとは思えんばい」

両手を頭の後ろにやって、ボロニイサキュバスは苦笑する。

前提は、正しい。

でも行動と乖離している。

「それでも構わず集まった。もうそれが答えで良いたい」

「ＣＲＣ戦はある意味でプラスに働きましたね、アラディア。個々の『超絶者』としてどういうスタンスで一人の少年と向き合うか。もはやいちいち論じる必要はありませんから」

「そこで何故わたくしに同意を求めるれるば根拠を提示がるげいただきばぶ」

「露骨ですね、スケベ」

「ずら。近所に住んでる基本インテリなのに持て余し気味なドスケベお姉ちゃんたい」

「アラディアはすけべ？」

無表情の褐色少女にまで言われて、アラディアが暗い顔して俯いた。

「……不覚よ。こんな、きゅーん☆　なんてヤバい効果音つきであの少年に理不尽に一目惚れしていた激チョロ神にまで小馬鹿にされる日が来るだなんて……」

「まーその処罰専門ムト＝テーベが何もしないでぼーっとしとるんだから、わらわ達はひとまず断罪には値しないと考えて良いかの」

「ん？」

アラディア、ボロニイサキュバス、『旧き善きマリア』、そして首を傾げるムト＝テーベ。

示し合わせるでもなく一ヶ所に自然と集まり、とある高校へ向かおうとする『超絶者(ちょうぜつしゃ)』達はおしゃべりをやめて、視線を一つの方向へ流す。

これだけいても、まだ足りない。

「つまり、ぶっ飛ばされるべきは向こうずら」

花束のブロダイウェズ。

ヴィダートリ。

２ｎｄサーガ。

他にもいくつもの黒い影が鉄橋の反対側に集まっている。そのいずれもが『超絶者(ちょうぜつしゃ)』。己が人生の柱に等しい魔法名(まほうめい)を放棄する代わりに自分で選んで決めた神の外見と機能を自由に着こなし、絶大な術式を振るって、本来であれば単独で魔術サイド全体と正面衝突できるほどの力を備えた怪物どもである。

世界のバランスが傾いていた。

科学サイドの中心に魔道書図書館(まどうしょとしょかん)・禁書目録(きんしょもくろく)を滞在させてもギリギリで保っていた世界全体の均衡が、今度こそ明確にぐらついたのだ。

まあそれを言ったらそもそもアリス＝アナザーバイブル単体がこの街に居座っている時点で場の歪(ゆが)みは致命的ではあるのだが。

敵対集団の中にいる誰かを睨(にら)んで、ボロニイサキュバスが顔をしかめた。

特にヤバいのが一人いる。

「花束のブロダイウェズ……」

「きゃっはー☆　ご指名どーも」

対して、ゆるふわ金髪の（あくまでも外見上だけは一六歳程度の）少女は媚びるような笑みを浮かべていた。不自然なくらいに。

「頭にダブルお団子までつけたこの変則ババアツインテールがずら」

「自分のバースデーケーキのロウソク数えてから言えよ」

美しい顔だった。

それしかなかった。

てるてる坊主というか、プールの授業の時に首から下をすっぽり覆うゴム紐付きのバスタオルというか。丈夫な布に分厚い銅の装甲板をしこたま貼りつけたコート状の特殊な対爆スーツのおかげで、少女らしいシルエットすらはっきりしない。

あるいは鉄の処女。

元来のブロダイウェズはケルト神話に登場する花の女神または妖精を指す。女神アリアンロッドの呪いによって誰とも結婚する事が許されなくなった男神の花嫁を用意するため、数々の花や植物を材料にして作られた、ありえないほど美しい、それでいて明確に人造の美女。出来上がった女は容姿については眩いほどの美貌を誇ったが、内面の設定でしくじって放蕩な裏切り者と化し、愛人と結託して自分の夫の命を狙うようになった。行き過ぎたテクノロジーで創られた人造モンスターを題材にした叛逆や暴走のホラーは近年のＳＦ作品に限った話ではなく、実は紀元前から存在した歴史と伝統の古典ジャンルだった訳だ。

わざわざそんな神を選んで着こなした、『超絶者』。

その『救済条件』は、

「……誰にも愛される事のない孤独な全ての存在を救う、だっけずら」

「だとしたらー？」

「逆転ナシで致死量までひたすら上から目線の愛情を注ぎ続けるぼっけえケダモノめ。わらわよりよっぽどサキュバスらしい『超絶者』とか、こいつ前から嫌いだったばい」

笑顔が待っていた。

あるいは向こうも意見は一致したのか。

「ふはは☆　愛情なんてのは外から注入するもの。ドバドバ注いでやるよわらわの気持ちを追い練乳みたいな勢いで。まーどっちみち殺す事にはなるんだからさ、お涙頂戴の説得合戦しながら殴り合うよりはまともな展開でしょ？」

「それは確かにずら」

だけどそれは花束のブロダイウェズとボロニイサキュバスの因縁でしかない。

他の『超絶者』達までまとめてヤツについてくる理由にはならない。

改めて、だ。

「アリスは壊れた」

見た目の歳は二五歳くらいか。黒髪褐色、一八〇センチはあろうかというモデル体型の美女が口を開く。赤の瞳を歪めて。

ヴィダートリ。

インド神話において、地底に暮らし、機織りの形で運命を操る女神。常に創造の女神と共に行動し、世界全体の流れを自由自在に操作し、その絶大な機能から対となる別の女神と共に最高神レベルのブラフマーやヴィシュヌの別名としても吸収されていった存在。人の作為でもって組み替えられた象徴。

そういう役割を自分で選んで着こなしたパフォーマーが。

言葉だけで空気を切るような、冷たい声だった。

「一度目はアンナ＝シュプレンゲルの暗躍によって。だが決定的だったのは上条当麻だ。かの者の無知が完全にアリスをバラバラに砕いた。再び、かの者をアリスに近づけさせるつもりはない。アリスがもう一度起き上がった事自体すでに奇跡的だというのに、さらにここからどぶに捨てるような選択肢など選んでたまるか」

「つまり」

アラディアはそっと息を吐いた。

一体どこから毟り取ってきたのか、アラディアがホウキ代わりに掴んでいるのは踏切などにある黄色と黒の遮断機だ。

肩に担いで、その視線に幾分以上の侮蔑を込めて投げつける。

「貴女達はアリスの側につくと？」

「ええ」

「嘘つけ。本当は『超絶者』としての自分自身の力が根底から揺らぎ、消え去るかもしれないヤバい展開に脅えているだけのくせに」

沈黙があった。

そんなものは肯定と同じだ。

オープンソースの弱点は、誰でも自由に内部構造を閲覧・利用できるという特徴を逆手に取られて悪意ある第三者に内部のコードを分析され、そこから専用に特化したウィルスやマルウエアも開発されかねない、というところにある。

つまりオリジナルであるアリス本人をよその第三者に回収されてしまう展開は、『超絶者』の群れとしては相当にまずい。特にアンナ＝シュプレンゲルやアレイスター＝クロウリーといった卑劣なる勝者の手に渡ってしまうのだけは。屍毒だか符呪だか具体的にどんな形を取るかは知らないが、たった一個アリス由来の対抗策が発明されるだけで同系シリーズを一気に根絶やしにされるリスクが生じる。

だから、上条当麻が知らずにそういう展開を『呼び込む』前に先んじて行動した。

そんなところか。

これでは結局、本当の意味でアリス＝アナザーバイブルを案じて付き従っている『超絶者』はH・T・トリスメギストスくらいだ。根暗で目立たない一般論者め、世界を滅ぼすロ○コンとかやっぱり自分が一番尖った場所に立っているではないか。

花束のブロダイウェズは自分の弱さを否定しなかった。

「わらわはわらわの手で救うべき『救済条件』がある。くふふう☆　彼らのためにもここで『超絶者』としての力を失う訳にはいかないのよ、彼らのために」

「……ついに言い訳に持ち出すようになったずらか、クソ淫乱」

「それならナニ？」

「地面の亀裂から生えたド根性タンポポを踏み潰してでもアリスに会わせてもらうたい」

がばり、と。

花束のブロダイウェズ。首の下から足首まですっぽり完全に覆う分厚い銅のコートが両開きの扉のように左右に開く。バギバギガギンと正面で縦に並ぶ太い錠前を次々と開錠しながら。

眩い光。

分厚い壁にも似た甘ったるい香り。

外套の内側は色とりどりの花が咲き乱れるテラリウムと化していた。適切な水分と栄養と電熱線ヒーターと紫外線ＬＥＤライトが支える、透明なガラスの器に閉じ込めた常春の花園。

『本体』は眩い白の素肌の上からフリル全開のエプロンをつけただけだった。

金属製のコートから伸びていた左右の袖は、遠隔で動かすアームに過ぎなかったようだ。

「何ぞぼっけえド派手に化けたずら」

「本人的には真の力でも解放したつもりかもしれないわ。自己誘導も兼ねて分かりやすく神異や魔性の特徴を外面にまで先鋭化させる必要があるとはいえ、人を超えた美貌の解釈がコレ？　肌面積の大きさが正義だなんて下品な個性づけね」

アラディアがどこか冷たく言った。

叡智や奇跡に高尚なモラルを求め、（年下の少年から）えっちな目で見られる事には（実は）あんまり慣れていない魔女のお姉様はご自分の格好になると灯台下暗しに陥るらしい。

妖艶というよりは、細身が過ぎて痛々しい感じすらある少女はニタニタと笑う。

少なくとも『外見上は』そういう風に一式揃えた何者かが、甘い香りを振り撒いて。

「あらあら、わらわの特徴を忘れてんのかしらー？」

「……、」

ざざ、と波のような音があった。

ざざざざざざざざ、と。

「あっははーッ☆　アリスに限らず、レギュラーな『超絶者』であってもわらわ達は皆、ある程度はそこに立つだけで人間社会を歪めて一つの流れに乗せる影響力を持つ。神を着こなした弊害の一つかね。でもだけど、わらわの性質は群を抜いてる。あるいはこの分野においてだけなら、アリス以上に分かりやすーく」

ここが大きな川にかかった鉄橋だから、というだけでは足りない。

この異音は変だ。

一月の夜、真っ黒な水面が水や風の流れを無視してざわついている。

激しく。

「わらわは生きとし生けるもの全部に愛される。人に限らず、鳥も、獣も、虫も、魚も」

ドォ!! と。

巨大な鉄橋に何かがのしかかった。それはブラックバスやブルーギルといった河川環境の厄介者だった。たったそれだけ。何の神秘もないありふれた小さな生き物が、数万も数十万も集まって一つの巨大な高波を形成したのだ。

いとも容易く操られる命。

赤や銀色。

一万トンを超える鉄橋を一撃でへし折りかねないほどの威力と重量でもって。

「どうよ、わらわの『トータルコートシップ』☆」

鳴き声、フェロモン、ダンス、色彩、その全てを使い人間含むあらゆる生物を意のままに誘惑する。すなわち求愛のエキスパート。

早くも勝利の手触りに酔っているのか。

ハイな感じで花束のブロダイウェズが吼える。

「ハハッ☆　愛してやれよ夜の悪魔、分け隔てなく。ただ生まれて増えてそれだけで徹底的に忌み嫌われる理由なき環境破壊生物どもだって目一杯ヨオ!!!!!!」

「『コールドミストレス』」

「あがっ!?」

あらゆる快を苦痛に逆転させる術式が思いっきり刺さったようで何より。

5

そしてこの一瞬で場が動いた。

激しく熱したフライパンの表面で水と油が弾け飛ぶようだった。

複数の『超絶者』が高速で後ろに下がって間合いを測り直し、また別の集団がそれを許さず矢のように距離を詰め、そして集団と集団の戦いであってもいくつかの塊、小さな戦場が生み出されていく。

6

ズズン!!　と。

地震めいた震動と共に夜の暗い川が一気にざわつく。

害獣、害魚、害虫、害鳥がひしめく巨大な街そのものを己の武器に転じる花束のブロダイウエズ。しかし彼女だけではなかった。

高波のように鉄橋を横から丸呑みしようと襲いかかってきた大量の魚の群れを押し留めたのは、ドーム球場ほどのサイズもある三本脚の巨大な物体だった。

「『トリビコス』」

実験器具の管理者である『旧き善きマリア』は静かに囁いた。

彼女が対峙するのはインド神話における運命の女神・ヴィダートリ。理由などない。たまたま目が合い、呼吸して、この混迷を極める戦場で同じ時間と空間に切り取られた。特に乱戦はリズムとタイミングが全てを決める。向こうも同じく『旧き善きマリア』を呪縛している。

激突は不可避。

真っ赤なサリーで身を包む黒髪褐色の八頭身モデルに向け、『旧き善きマリア』がこう切り込む。

「ヴィダートリ、ママ様は本気です。叩き潰す。あなたはどうするのですか」

「良いのか？　この私が本気を出しても」

「ご自由に。何しろママ様は慈悲に溢れております。わざわざ泥を被り、『救済条件』の何たるかすら忘れ、無様な醜態をさらしてまで捨てる事を惜しんだ『超絶者』としての力です。今ママ様の前にいるのは見下げ果てた■■ではありますが、意地汚く温存している切り札を一度も出せずに瞬殺されてしまうのはあまりに酷ではないかと」

ガッシャ!!　といきなり褐色美人の腕が増えた。

いいや、背中合わせに二メートル近い人形が寄り添っている、といった方が近いのかもしれない。モデル体型のヴィダートリよりさらに大きい。むせ返るほど妖艶で肉感的な褐色の美女とは対照的に、硬質でつるりとした等身大の球体関節人形。

正確には太い肩紐をつけて背負っているのか。

元々は四角いバッグの中に一式全部収まっていたらしい。

作り物の指先に絡む、白い糸と黒い髪。

インド神話における運命の女神ヴィダートリとは単独の存在ではない。常に創造の女神ダートリと共にある、一対二柱の女神というのが正しい。

この神々は白と黒の糸を紡いで機を織る事で、大きな世界全体の命運すら決定づける極めて強大な機能を持つ。

糸。

機織り。

そして人形。

諸々を分析し手の内を高速で予測しつつも、『旧き善きマリア』は呆れたように息を吐く。

「……褐色八頭身スーパーモデル系が赤いランドセル装備とか、いくら何でもアベコベだとは思わないのですか？」

「すでに全年齢に向けて一般化されて久しい革のバッグに過ぎないよ」

『旧き善きマリア』の視界が斜めに傾ぐ。

血の味がした。

己の胸元がべっとりと赤で汚れていた。

「……？」

ブルーギルだった。

花束のブロダイウェズが面白半分に数万単位で呼び出していた害魚。鉛の粒が一定の速度を超えると明確な殺傷力を備えるのと同じく、そいつが空気を引き裂いて生きたまま胸の真ん中、人肉にまで潜り込んできたのだ。

『旧き善きマリア』は胸の傷口に潜り込んだままびちびちと暴れる突然の異物を片手で掴んで

引きずり出す。鋭い刃物とはまた違った感触だった。広がる鰓や無数の鱗が引っかかって傷を広げ、致命的な雑菌の汚れを擦りつけていく。

しかしそれ以上に気になる事があった。

何故、ブラックバスやブルーギルといった害魚達が押し寄せてくる？

見れば巨大な壁が消えていた。

『トリビコス』。

持ち主がほんのわずかに視線を外した途端、ドーム球場並に大きな『旧き善きマリア』側の切り札があっさり消失している。

まるで悪夢のような神隠し。

「分かっているはずだ」

ジャカカッ!!　というバネの作動音が連続した。ランドセルのように背負った球体関節人形ダートリの両腕が自ら裂けて、大量の滑車や金具が飛び出す。それは機織り機。

極めて細い白と黒が一面に乱舞した。

糸。

いいや自身の黒い髪も含むのか。

「ヴィダートリは運命を操り、ダートリは万物を創造する女神。その白と黒の機織りでもって万象の全ては二柱の神が決めていく。『旧き善きマリア』、貴様は全てを合成できるかもしれん。

だがその全てとは具体的に何が何種類あるかを決めるのは私の方だ」

「なるほど」

「私はヴィダートリ。対となる女神も込みで、司るのは運命と創造。世界を善悪好悪で切り分け、自分が正しく好きだと感じるものを徹底して救う『超絶者』なり」

運命という糸。

それらを縦に横に絡めた機織りという世界。

全てを操る者と対峙するとは、つまりこういう意味を持つのか。

「……やはりあなたもママ様と同じ。アリスから貸与された神秘の一部を己の体に埋め込んだものの、結局は完璧には使いこなせない、半端なパフォーマーに過ぎなかったのですね」

「ほざけ。この領域に限って言えば『旧き善きマリア』、貴様の存在だって簡単に消し去れるんだよ。わざと記載洩れするだけでな」

最後まで聞いている暇さえなかった。

ゴッッッ‼　と。防波堤が消え去った事により、改めて大量の害魚達が銀の高波のように鉄橋へ襲いかかってきた。

7

ばさりという音が夜の校庭に響く。

上条の視界の右端を何かがよぎった。ライオンの胴に猛禽の頭と翼を持つ怪物。

それは『不思議の国のアリス』にしれっと混じっている、殺傷力の塊。

グリフォンだった。

「ッ⁉」

アリス＝アナザーバイブルが世界に退屈した時にだけ放たれる、速やかな破壊と後始末の専門家。人生の倍速モード。現実に第一二学区の領事館では上条も右腕を嚙み千切られた。

何かする余裕もなかった。

巨大な翼を左右に大きく広げた途端、上条の中で心を蝕むトラウマが顕在化した。とっさに両手でガードの体勢を取ったのは明らかに失敗だった。翼を羽ばたかせ、空気の力を全て前進するためのエネルギーに置き換え、小型トラックほどもある塊が勢い良く突っ込んでくる。

轟音があった。

ただし痛みはなかった。

桃色の色彩が鋭く夜の空気を切り裂いた。

いつの間にかそこにいた。

フラミンゴのバットがグリフォンの巨大な嘴を押さえつけ、のみならず、敵の一撃を横に滑らせてから逆に思い切り打撃を喰らわせたのだ。

派手な音を上げて薙ぎ倒されるグリフォン。

上条は不思議そうな顔で呟いた。

「……お前？」

思わず手を伸ばすと、空中にあったピンク色のバットがすいっとよけた。水中にある葉っぱを摑もうとした時のように。

幻想殺しを嫌ったのかもしれない。

それでいてじゃれつくように上条の周りをゆっくり飛び交い、そして再び襲いかかってきたグリフォンの鉤爪とまともにかち合う。オレンジ色の火花が夜の空気に炸裂する。

フラミンゴのバットだけではない。上条の足元では本物よりかなり大きなハリネズミが複数ぽんぽんと跳ねている。そう思った直後に爆ぜた。爆発。より正確には、無数の針を束ねて長い剣を作り、斬りかかったのだ。新たに現れた複数の腕を持つガリガリの人影へ一斉に襲いかかる。敵対者は骨だった。水晶のように透き通った人体の骨格一式。

前年、一二月二九日。

『暗部』と衝突した時に見た。

ハートの女王の命令で万人の首を落とす『処刑人』だったか。

離れていたって安心はできない。アレは腕力にものを言わせて物理的に叩き斬るのではない。むしろもっと、目には見えない呪いっぽい攻撃で首を落としていたはずだ。

互いに激突しているのは、どちらも『不思議の国のアリス』由来の怪物達だった。それは『矮小液体』の時とは違い、まだ外部の魔術師がツール化する前の、剝き出しで手のつけられない無垢なる玩具。おそらく実際には、特殊な右手を持っているだけの高校生なんてその一匹すら太刀打ちできないだろう。まともに衝突したらアリス本人に届く前に即死の瞬殺だったに違いない。

なのに上条は生きている。

アリスに操られる存在が、アリスの操る存在と戦っていた。

それはあの子の葛藤なのかもしれない。

味方はいない訳じゃない。

たとえ当のアリス自身が侵入者に容赦なく牙を剝いてきたとしても、それでも。

肩のオティヌスが呆れたように言った。

「……アリスが待っているぞ」

「ああ」

「魔道書図書館はどうなっているかね。ま、あれも対魔術戦闘の専門家として開発された特殊要員だ。意図して直接戦闘を削いでいる分、他の生存策に長じているものだと思いたいところではあるが」

「他の？」

「交渉術を用いて敵集団に取り入るとか、保護欲を刺激して暴力を自発的に阻止させるとか」

「……、」

「沈黙するなよ微妙な顔で。オイ口の形、ありえないって呟くな。これはお前の精神衛生のために並べている楽観意見だぞ」

イメージが湧かない。

インデックスはそういう権謀術数とは最も遠い存在だと思う。

完全記憶能力で全てのトランプや麻雀牌の位置を正確に把握したとして、それでも本気の賭け事になると普通の人に負けそうと言うか……。

逆に言えば計算ゼロだからこそミラクルを起こす可能性はあるにはあるが、これについてはアリスも一緒だ。

敵も味方も動きが読めないとはとことん難儀過ぎる。特に人質救出では。

肩のオティヌスも苦虫を噛み潰したような顔で、

「子供は無限の可能性を持つ存在、か。ヤツめ、選択肢を選んで一つの方向へ絞る事さえ物理的に拒んでやがる。このままだと敵味方なんて分かりやすい線引きすら消滅するぞ。一〇〇万の組織や思惑がアリスから生み出され、一〇〇万の軍が支離滅裂に衝突する時代がやってくる。勝手に巻き込まれるだけの人類なんか蚊帳の外に残されたまま滅ぼされていくぞ」

「そうなる前に決着はつけるよ」

小さな声だった。

しかし確かな断言だった。

「……アリスが攻撃的になっているのは、言い換えれば周りを信じられなくなっているのは、誰かが未来は怖いものだって教えたからだ。多分俺もその一人だと思う。俺があの子を傷つけた。だからアリスに会って直接言うんだ、人生はそんなに悪いものじゃないって」

「さて通じるかね。人間、ヤツが現実に魔道書図書館をさらった事を忘れたか？　そもそも右手のせいでそれだけ理不尽な『不幸』を背負い続けてきたんだ。貴様の人生だって世界の善性を語れるほど上等な道のりは歩んでいないだろう？」

「言い換えようか？　運の良し悪しなんてのは付き合い方次第だろ。俺は不幸な人間だけど、別にお前やアリスみたいな特別製に引け目を感じる事はねえぞ。スタート地点の場所が人より後ろにあるからって、別にゴールに辿り着けない訳じゃないんだし」

それは、実際に『不幸』と長らく付き合ってきた少年だから重さや手触りのある一言だった。

かつて『魔神』と正面衝突した時に、何億何十億もの死を乗り越えてオティヌスの懐へジリジリと肉薄していった少年だからこそ。

ヒュン!! と風を切って飛来したフラミンゴのバットが上条の眼前でピタリと制止した。ハリネズミが足元で鼻から息を吐いている。見た事ない大きなイモムシや子ブタみたいなのもいた。話のどこに出てきて何をするんだろう？ もっと童話を読んでおくべきだった。

背中を守ると彼らは言外に語っていた。

でもそれは、多分アリスの意見の一つでもあるのだ。

バギバギバギバギ!! と音を立てて体育館が内側から引き裂かれていく。中から出てきたのは巨大でふわふわな猫だ。不機嫌な低い鳴き声が聞こえ、それはこちらを敵視してくる。形は丸っこい愛玩動物なのに、サイズの方は怪獣映画。上条の背筋を這うのはただの恐怖とは違った。あんなのに冗談半分の猫パンチで長い時間をかけて嬲り殺しにされたら人としての尊厳も矜持も残らない。

人の死に笑いが乗っかる、という激烈な異物感。

別格。他の連中と比べても明らかに突き抜けた個体だった。

上条は息を呑んで、

「何だありゃっ？ アリス関係で猫って言ったら、ええと何だっけ⁉」

「スマホで検索しないと何もできない人間にはなるなよ」

肩のオティヌスは呆れたようだった。

「おそらくは猫のダイナ、アリスの飼い猫だ。蝶や小鳥が普通にしゃべる『不思議の国のアリス』においてほとんど無敵で最強に近い存在だな。作中では現実世界側にいるから名前しか出てこなかったが、逆に言えば名前を聞いただけであらゆる登場人物が恐怖に震え散り散りに逃げ出すほどの高次殺傷力を持つ」

あれも一つの意見。

嘘偽りのない本音。

今すぐ上条を殺したいと考えるアリスもまた、確かに存在する。

だけど真っ当に脅えている場合じゃない。

上条当麻は理不尽に巻き込まれて『不思議の国』へ転がり落ちたのではなく、自分の意志で死の異界に踏み込んだのだから。

「……それにしても、白黒どちらも混在する毛並みの猫ときたか」

「そこそんなに重要？」

「ダイナはアリスが自慢するばかりで、猫の種類すらはっきりしない。一応『鏡の国のアリス』では白い子猫と黒い子猫の世話をしているからどちらかの毛並みの母猫という推測はされているが、どうも、ここでは父猫に頼らずダイナ側が二匹の子猫にそれぞれ性質を分け与えた説が採用されたらしいな」

「ほんとに重要ですか一秒後に殺されそうなこの状況でッ⁉」

インデックスも同じ場所にいる。上条よりはるかに長い時間こんな所に。

何よりアリス自身、本当にこんなモノを創って広げたいのか。

「こんなのはまだまだ小指の先に繋がった糸、雑念の切れ端に操られる人形や玩具に過ぎん。本当に本物のアリス=アナザーバイブルはこんなものじゃないぞ、人間！」

「ああ分かってる。アリスが待ってる。承知の上でここまで来たんだ、今さら引き返せるか!!」

8

学校の校舎だった。

一度は崩れてしまった高校だが、かつて宇宙エレベーターまで短期間で建造した学園都市の建築技術は他の追随を許さない。防音の分厚いシートさえ取り払えば、すぐにでも授業を再開できる状態にまで仕上がっていた。

ツンツン頭の少年の高校だった。

わざわざこの場所を選んだ事に、理由はあっただろうか。

アリス=アナザーバイブルの胸の内は、常に変わらず仕える青年執事も読めない。絶大なる個。一般論を極めたH・T・トリスメギストスには最初から推測不能な領域かもしれない。

「ここは間もなく変わります。アリスに相応しい場所に」

Ｈ・Ｔ・トリスメギストスは四角いプロテインバーの包みを胡散臭そうに眺め、やがてそれを適当に放り投げた。

魔道書図書館インデックス。

一応、この状況でも人質の生存は望んでいるらしい。

「アリスが望むか望まないかはもはや大した問題ではないでしょう。彼女こそが『橋架結社』の全てです。今、この街にいる人々はアリスの空気に当てられて気分が高揚しているようですね。この流れはやがて学園都市の『外』にまで増殖していくでしょう。そして人から人への共鳴が、アリスの庭を次々と広げていく、っ」

くらりと、青年執事の体がわずかに横へ揺れた。

燕尾服の袖から指先まで、赤い液体が伝う。

少し見ない間に、一体どこへ行って何と戦っていたのか。

構わず、Ｈ・Ｔ・トリスメギストスは顔に笑みを張りつけて、

「世界が彼女の色で染まるまで、そうはかからないはずです」

「……前に見た、グリフォンや処刑人が世界中に溢れ返るっていうの？」

「だとしても、それは大した問題じゃない」

はっきりとした声だった。

「ＣＲＣさえ『再誕』すれば」

青年執事は言った。

どこか陶酔するような口振りで。

「クリスチャン＝ローゼンクロイツを正しい形で招き入れる事さえできれば。一般的に考えて世界は救われるのです。一見受け入れがたい事象であろうが、ヤツの正体や本名が何であれ、その真意まで受け入れる準備さえ整えれば」

「あなただけじゃCRCを『再誕』するための大パレードはできないはず」

「全員の雛型たるアリスさえいればレギュラーな『超絶者』なんていくらでも作れますよ。まあそれ以前に、アリス生存の報を知ればいったんは散った『超絶者』達は再び集まるでしょう。それを採用するか、新たなパフォーマーを一から育てるか。そいつを決めるのはオーディションの席で良い」

「……、」

結局どこまでいっても『橋架結社』はアリスを中心とした組織だった。彼女の死によって離散してしまった『超絶者』どもは、だからこそアナザーバイブルが復活すれば磁石で吸い寄せられる砂鉄のように再び集まろうとする。

その結果、何が起きるかを考えもせず。

そもそも責任というチケットをきちんと切って自分で何かを選べないから魔法名の設定もせず、異なる神を着こなして、世界の救済すら他人に委ねてしまった『超絶者』。主体性なき群れ。なまじ一人一人の『力』の強さだけなら絶大だからこそ余計に手に負えない。

「でもその考えは通じない」

インデックスは断言した。

ジロリとこちらを睨む青年執事をものともせずに睨み返す。

「本当はあなただって分かっているはずなんだよ」

「何がですか」

「ＣＲＣを『再誕』させるだけなら、自分の知識でできる。わざわざ私の頭の中にある魔道書の知識を欲しがったり、惜しんだりする理由にならないもん」

「……、」

「あなたはアリスを恐れている」

はっきりと白い修道女は言う。

解決すべき人の悩みを心の内から浮き彫りにするのもまた、使命の一つなのか。

「彼女が今まで仕えてきたアリス＝アナザーバイブルと同じかどうか、自信がない。過去の成功体験に何度もすがりついているのもそのため。だって少なくとも、ＣＲＣが再誕する『までの』なら『橋架結社』は勝っていた。世界の全てを決める資格を持っていた。だからあそこまで状況を巻き戻して、そこから成功のレールに改めて自分達を乗っけようとしている。そんな分岐はどこにもないのに」

「図書館ではお静かに、と言われた事は？」

「私を捕まえたのはアリスが本当にまだアリスなのか外から調べるための術式がほしいのか、あるいはもう壊れてしまっている事を自覚した上で修繕するために魔道書の知識を当たりたいのか。あなたの本当の目的は分からないけど……」

「黙れと言っているのです」

9

分厚い衝撃波じみた激突音が複数立て続けに炸裂し、フラミンゴのバットが歩道沿いの花壇に突っ込んだ。

稼いでもらった時間は数分にも満たなかったが、それだけあれば十分。

感謝しつつ、上条は肩からぶつかるようにしてガラスの昇降口に体当たりする。

驚くほどあっさり破れた。

勢い余って上条が転がり込んだ途端、またもや世界が一気に変わった。

目には見えない。

だけど外界の音が一切遮断されたのだ。

暗い校舎に、耳が痛くなるほどの無音。出入口のガラスは粉々に砕いたはずだけど、多分ここから外に出たところで目に見える校庭には絶対戻れない。そんな気がした。弾かれるのか、飛ばされるのか。それを自分の体で試してみたいとは思えないが。

幻想殺し（イマジンブレイカー）、という前提が存在感を弱めている。

世界の基準。

故にあらゆる幻想を打ち消す何か。

逆に言えば、基準点そのものまで歪（ゆが）めてしまう存在に対しては効果がない。

例えばオティヌスが創った無限の世界だって、右手で触れれば壊れる訳ではなかった。

アリスはそのレベルで世界を呑（の）む。

今はまだ、そうしていないというだけで。

「何だ……ここ……？」

当たり前の風景に安心できない。

いつも通りを一枚めくった裏側に、何かがびっしり張りついているような。

目には見えない、確かめてしまったらおしまい。

そんな恐怖の塊がここにある。

多分だけど、追っ手であるはずのグリフォンや処刑人でもここにはもう入れないだろう。

味方でいてくれたフラミンゴのバットやハリネズミ達もまた。

弾かれるのか、飛ばされるのか。

重ねて言うが試してみる気は起きない。

ツンツン頭の少年は一度息を吐き、起き上がって、前を見る。

肩のオティヌスが言った。

「……さて。クレタ島で牛頭の怪物を閉じ込めたラビュリントスより攻略難度は高そうだが、どこから攻める？」

「インデックスが学校のどこに閉じ込められているか、は予測のしようがないな……。インデックスに決められるものじゃないし、ここについてはアリス自身の好みとも関係ない。そうなるとアリスの好みを読んで、あの子がいそうな場所を探る方がまだ可能性はありそうだけど」

「だから具体的にどこだよ？」

「俺の教室」

上条は即答した。

論理じゃない、自分の主観で良い。一度も行った事のない学校で、小さなアリスが一番見てみたかったであろう場所。そいつを素直にピックアップすれば答えは出る。それは世界で唯一、上条にしかできない方法。

天井のダクトでは女性の声で複数が囁き合っていた。消火ホースを収める金属の扉の隙間から物言いたげな視線があり、視界の隅にある掃除用具入れと壁の隙間に目を向けると小さな塊がかさかさ奥に逃げていく。

確かに自己主張をしているのに絶妙に存在感がない。

心を強く持って、アレは現実に存在すると思わないと心をやられそうだ。あるがままに受け入れ、下手に疑ってはならない。論理はむしろ邪魔。こんな所で自家生産の妄想の可能性なんて疑い始めたら永久に同じ所をぐるぐる歩き続ける羽目になる。直径一メートルで遭難だ。

オティヌスは半ば呆れた調子で、

「フラミンゴのバットやグリフォン達と一緒だな。分かりやすい連中だけじゃない。周りにある気配も景色も全部アリスの葛藤でもって操られる一つに過ぎん」

「……、」

「人間、貴様を招待するつもりならアリス自身が出てくれれば良い。拒絶したいならドアや窓そのものを化け物にして分厚い壁を作ってしまえば済む話だ。身を隠し怪しい場所は複数あって迷わせるくせに、順路自体は存在するだろう？　ヤツ自身、方針が定まっていない証拠だ。……そのまま全部同時に満たしてしまう辺りが力業バカの怖いところだが」

かつんという硬い音があった。

暗闇の奥。

そして今のは足音だった。自然と上条の心臓が強い警戒を訴える。現れたのは黒髪の青年執事だった。『超絶者』H・T・トリスメギストス。

「おい……」

文句を言ったのはオティヌスだった。

「もうちょっと存在感を出せ、アリスの前だからってあっさりしすぎだろう。貴様は前に『領事館』で見たトリスメギストスか？　それとも二人目でも三人目でも用意できる別のパフォーマーか？」

「一般的に考えて、そちらで勝手に想像すればよろしいのではと」

ぎい、ぎい、という軋むような音があった。

壁紙がめくれた。

出てきたのはネズミだった。

スポーツバッグくらいある、しかも群れ。

それが『不思議の国のアリス』の中でどのような意味を持つ登場人物なのか。上条にはいちいち頭を使う暇もなかった。

スパンッ‼　という小気味の良い音があった。

きちんと見えなかった。

ただ青年執事の手元で何か光が閃いたと思ったら、冗談みたいに肉の塊が両断された。血はなかった。それは色彩を失い、黒い影となって虚空に溶ける。

『超絶者』がやっているからすごさが分かりにくいが、フラミンゴのバットやグリフォンと同格の存在が数十もの群れで襲いかかってきたのだ。おそらく今のだって上条を殺すだけなら簡単だっただろうに。

「……、」

「こちらへ」

黒髪の執事はきびすを返す。

どこかへ案内するつもりのようだ。

「ローゼンクロイツ戦と違って、今回はもう科学の街の上層部の支援は期待しない方が良いと思いますよ。アリスの日と耳に障りそうでしたので、こちらでてっぺんを叩いておきました」

「お前っ、今の統括理事長って事は、まさかあいつを……ッ!?」

「勝つ必要はありません」

H・T・トリスメギストスはあっさりと言った。

彼が生きてここにいる事自体、一つの結果を物語っているようなものだった。

「ただ、一時的にでも行動を阻害さえできれば。幸い、アレは首元のチョーカーで電子支援を受けている様子でしたからね。付近の通信設備や電子機器を破壊して大量のノイズをばらまいた上で、上から瓦礫でも被せてしまえば十分に動きは封じられる」

上条はごくりと唾を呑み込んでいた。

やはり『超絶者』。

分かっていればできるというほど甘い存在ではないのだ、あいつは。

あの第一位を前にして、思い描いた通りに行動できた時点ですでに普通ではない。

これがH・T・トリスメギストスの真の実力なのか。

あるいはアリス＝アナザーバイブルが『何か』を繋ぎ合わせて世界を歪めた結果なのか。

ヒソヒソと、ざわざわと、カサカサと。そこらの隙間が手招きするような廊下を勝手知った る感じで歩きながら、時折、H・T・トリスメギストスの手元で鋭く光が瞬く。杖から抜き払われた刃が壁とポスターの隙間からうぞうぞ飛び出す怪物どもを難なく切断し、上条はおっかなびっくりその背中を追いかけていく。

というか斬って良いんだろうか、あれ？

何しろ敵も味方も全部アリスが無意識的に操って振り回しているはずなのだ。理性的な魔術師が『矮小液体』というツールに整える前の、剝き出しで手のつけられない玩具。Drink_me。その同格。小さな子供の強いストレスが自宅というテリトリー内で様々なポルターガイスト現象を引き起こす、という教科書の端にあったコラムを上条は思い出した。あるいはアリスの葛藤を第三者が切断して排除するとは、どういう意味を持つ行為なんだろう？

涼しい顔でH・T・トリスメギストスは言った。

「一般的に考えれば誰でもすぐ分かると思いますが、私は別にあなたの仲間ではありませんよ。私のスタンスは最初から殺害派ですし、そこから考えが揺らぐ事もありません。あなたは私の『救済条件』には合致せず、いたずらにアリスを刺激してこの世界を乱す」

「なら何で手を貸すんだ？」

「少しは一般的なものの見方ができないのですか？」

呆れたような言い回しだった。

青年執事はうっすらと口元に笑みを浮かべて、

「一般的に考えて、あなたの命を迅速かつ確実に奪う最も合理的な方法とは、速やかに上条当麻とアリス＝アナザーバイブルを引き合わせる事ですから」

「……、」

「否定はさせませんよ」

丁寧だが刃物の鋭さを帯びた言葉だった。

この執事にとってアリスはどういう位置づけにあった女の子なのだろう。

「一般的に考えて、あなたがしでかした事です。結果としてアリスは呆然自失となるまで追い詰められ、無防備に体をさらして、ローゼンクロイツに殺害された。全ては一つに繋がっています。……今のアリスがあなたの顔を見たら何が起きるか。火を見るよりも明らかでしょう」

階段を上がる。

天井から滴る透明な粘液を避けて進み、ずらりと並んだ出入口の一つの前まで来る。

そこは上条の教室だった。

ありふれた、横に引いて開けるドア。引き戸。

だけど王様が待つ謁見の間よりも重々しい。

Ｈ・Ｔ・トリスメギストスからは一言だった。

「さあどうぞ」

これ自体がまるで夢みたいだった。

先ほどから何でも疑うオティヌスさえ黙っていた。

妙な強制力がある。

見たくもないモノを自分で生産する、という矛盾。そんな悪夢にも似た一本道。

目には見えないレールが敷いてあって、予定の流れから逃れる事ができない。

その事に違和感すら覚えるチャンスがない、とでも言うか。

冷静になれば、扉を開ける行為に危険が伴うのは分かるはずだ。開けない、という選択肢も当然あったし、開けるにしても十分な覚悟と準備を固めてから挑むべき関門だったはずだ。にも拘らず上条は引き戸の前に立っていた。

取っ手を摑んで開け放っていた。あっさりと。

10

引き戸を開けた瞬間だった。

真正面から鋭い破裂音があった。

とっさに身を屈めようとしたまま硬直する上条のツンツン頭に何かが引っかかる。

恐る恐る手に取ってみると、それはカラフルな紙テープだった。

火薬の匂いの出処は、小さな少女が手にしている円錐形のクラッカーからだった。

「ぱんぱかぱーん‼」

アリス＝アナザーバイブル。

信じられないくらいいつも通りに満面の笑みだった。

笑み。

そう、アリスには顔がある。

とても当たり前の話なのに、でも前提と噛み合わない。

教室だって普通だ。机の並びは規則正しいし、黒板に落書きされてもいない。今までお行儀良く待っていたという事だろうか？　どこが上条の席なのか、あれこれ予想でもしながら。

「せんせい、よくぞここまでやってきたですし‼」

ドカッ!!　と。

それきっかけで電気が点く。

おそらくこの教室だけではない。全ての校舎の全ての窓が光を放ち、巨大極まりない猫のダイナの登場で崩れたはずの体育館も光に包まれ、校庭やプールの屋外照明まで点灯した。

学校が息を吹き返した。

いや、開校前であれば産声を上げたという方が正しいのか。

アンナめ、何がアリスは起きていられない、だ。クリスマスやハッピーニューイヤーの記念日テンションでばっちり目が冴えているではないか。

それとも『あの』シュプレンゲル嬢が不自然に予測を外したのもまた、アリスの『力』によるものか？

そう、

「あり、す？」

「はいですし」

答えた幼女の顔の真ん中にバレーボールくらいの風穴が空いていた。

背後の景色を丸ごと覗かせたまま、どこに目や口があるのかも分からない状態でアリスが話す。全くのいつも通りに。

「あっはー、何かおかしなところでもありますので？　せんせい」

「……、」

そうだ。

よくよく考えてみれば、頭を潰されて死んだアリスが壊れてしまったなどと、一体誰が鑑定したのだ。

クリスチャン＝ローゼンクロイツを殺した？

その時首のない少女はゲタゲタ笑っていた？

そもそも忘れているのか。先に殺したのはローゼンクロイツ側だ。自分を殺した犯人が世界の誰にも裁けずに何の罰も受けないで自由に表を闊歩している中、思わず自分で自分の仇を取ろうと考えてしまうのはそんなに不思議で理解できない心の動きか？　奇麗ごとじゃない。仇討ちを成し遂げたその瞬間、全ての重圧から心が解放されて思わず笑ってしまうくらい人間なら誰でもそうじゃないのか。

アリスは普通だった。

潰されたり殺されたり起き上がったり手で千切ったり、ただ物理的に取った方法がまともじゃなかっただけで。規格外の行動を選択していた心の動きについてはありふれていた。

疑問がある。

(でもなら何で、アリスはこんな所に……？)

「本当はこのまま不貞腐れて帰っちゃっても良かったんですけど、でもせんせいを放っておけないので。だからせんせいに一言アドバイスに来たんですし！」

「あど、ばいす？」

「はいですし」

グロテスクな少女が頷いた時には、すでに愛くるしい顔に戻っていた。

どっちが正しいかなんて知らない。

そもそも上条はこれまで一度もアリス＝アナザーバイブルの本当の素顔なんて見た事はなかったのかもしれない。

「せんせい、時間がやってきました」

「？」

「あらかじめ決められたリミットが近づいていますので。少女とのお話を覚えていないんですか？　少女はすでにせんせいに言っていたはずですし」

「……待て」

間違っていた。

認識を完全に誤っていた。

アリス＝アナザーバイブルは全くいつも通りだ。というか、彼女が常人離れした異質な言動をしていたからといって、だから何なんだ？　元々アリスの気紛れに対してその真意を見極められた事など一回でもあったのか？

先が読めないのが普通だったのだ。

もしアリスが普段とは違う行動をしているとしたら、その判断基準はアリスの中にはない。

何かしら外界にある別の要因がアリスにそうさせている。

焦らせている。

珍しく。

ならその原因は一体何だ？　アリスが慌てて『らしくない』行動をしているという事は、彼女には心当たりがある。つまりこれから起きる未知の現象ではなく、答えはすでに過去の中にある。

上条は地雷を踏んでいる。

それはいつ？

「何かあったって言えば、ローゼンクロイツとぶつかっていた時」

「はずれー」

そう。少なくとも、クリスチャン＝ローゼンクロイツと戦っていた時ではない。その時すでにアリス＝アナザーバイブルは頭を砕かれて死亡していたのだから、良くも悪くも上条とアリスの間で何かがやり取りされる機会はなかったはずだ。

間に合わなかったから。

助けてくれなかったから。

アリスがそこを特に責めない以上、そういう訳でもないらしい。


「なら、『プレデターオクトパス』を奪って」

「ハズレですし。何なのですかそれ？」


同じ理由で、アンナ＝シュプレンゲルやアラディアと一緒に学園都市を逃げ回っていた時も違う。アリスの力を一部貸与された『矮小液体』や処罰専門の『超絶者』ムト＝テーベの脅威はあったが、あの時すでにアリスは呆然自失の状態だった。おそらくだが、現場から遠く離れた場所でH・T・トリスメギストスや『旧き善きマリア』達と一緒に『橋架結社』の集大成であるCRC『再誕』儀式に取りかかっていたはず。

アリスが投げ槍『矮小液体』に力を注いだのは、実際にはもっと前だ。

そうなると、

「？　……その前っていうと、領事館とかになったっけ」

「全然違うので」

第一二学区に『橋架結社（はしかけけっしゃ）』領事館ができた時か？　確かにあそこは大きなターニングポイントだった。

　アリスはあそこで涙をこぼしていた。

　上条（かみじょう）とアリスが決定的に袂（たもと）を分かっているのだから。

　だけど、あそこで傷ついたのは上条（かみじょう）ではなくアリス側だったはずだ。そのアリスが今こうして上条（かみじょう）をあっさり許して受け入れている以上、問題の核はそこではない。

　今表に噴出している問題は別にある。

「じゃあそうなると、まさか、渋谷（しぶや）の辺りまで遡るのか？」

「ぶっぶーですし。少女も日本のシブヤ行ってみたかったのよ」

　もっと前。だとすると年末一二月三一日の渋谷（しぶや）？　いいやそれこそ意味がない。あそこで出てきたのはレギュラーな『超絶者（ちょうぜつしゃ）』のボロニイサキュバスとアラディア、それから『旧（ふる）き善（よ）きマリア』だけだ。アリスを唯一操縦できる（らしい）上条（かみじょう）の処遇を巡って救出派と殺害派が激しくぶつかったものの、アリス＝アナザーバイブル本人は渋谷（しぶや）に顔も見せなかった。

だとしたら。

もっと前？


「ちょっと待った、まさか……」

「初めて会った時」

前年、一二月二九日。

『暗部』の犯罪者を複数人乗せた囚人護送列車『オーバーハンティング』が事故を起こした事から端を発した、一連の事件。

アリス＝アナザーバイブルが学園都市で初めて猛威を振るった、あの瞬間。

あそこで上条とアリスの間に何があったか。

「少女は確認を取りましたよね？　せんせいの意志を無視して勝手にやった事なんてありませんですし。せんせいは、確かに言いました。そして少女はやめた方が良いとも言った。でも最終的に決めたのはせんせいなので。だから確認に来たんですし。本当にこれで良いんですかって」

あの日、あの時。

アリスは事件の構造そのものを無理矢理にねじ曲げようとしていた。『暗部(あんぶ)』とかいう化け物集団が複数脱走する致命的な騒ぎの中、それでも犠牲者を出さずに事を収めるため、フリルサンド#Gが全ての元凶で犯人だった……という偽りの真相を強引に世界へ挿し込もうとしていたのだ。

『さあ』

『せんせい、案内してください。少女はあなたの中を冒険してみたい』

上条(かみじょう)はそれを突っぱねた。

どれだけ過酷でも良いから本当の現実に戻せと言(い)った。

『なら全部戻せ、アリス。こんな風にお前の力を借りたら、本当の意味での決着なんか永遠につけられないんだよ』

『えーと、それで良いんですか？』

その時に。

彼は、自分自身で。

「思い出しました？」

これからの選択肢で何かが決まるのではない。

最後の分岐など、とっくの昔に過ぎていた。

そう。

『死にますけど』

『それでもだ』

言った。

確かに言った。

アリス＝アナザーバイブルと初めて会ったその日の内に、上条当麻は自分の口で確かに言ったはずだ。アリスは確かに危険だと警告していたはずなのに、それを突っぱねて少年が自分で分岐を切り替えた。助言を無視して無理矢理に。

あの時は過酷な事件を終えて、無事に乗り越えたと思っていた。

でも違った。

アリスは上条が『いつ』死にますとは一言も言っていない。

予言。

ノストラダムス、占星術、正夢、何かの霊が取り憑いて質問に答える、水族館のタコがサッカーの試合結果を当ててくれる。

何でも良い。

科学的か否かどころか、たとえ魔術的に矛盾していてもお構いなし。アリス＝アナザーバイブルは長い長い歴史の中で一度でもうっかり机上に乗り上げてしまった理屈であれば、実現の可能性を問わず全てブリッジで繋ぐ。単品であれば馬鹿げた空論が実際に動き始めるまで徹底的にいじくり回した上で、そいつを自分のモノにしてしまう。

いっその事、理屈もなく分かると言われた方がまだしも安心できるかもしれない。どれだけ高精度であろうが結局は当たりもすれば外れもする『勘』なのではないか、と。

そんな言い訳さえできない。

異形であっても理屈が存在する。

アリスがそうなると言ったら、それはもう一〇〇・〇％の確定なのだ。

何故、安心した？

彼女は一言も言っていない。

何時何分何秒地球が何回回った時。そんな具体的な事は何一つ。

ここはまだ選択範囲の中。

アリスの予言は何も終わっていない。すでに決まった結末はこれからやってくる……。

「……、」

なら、後には何もない。

間違った分岐の先で悪戦苦闘したところでリカバリーなどできない。

アリスと出会ったその日に、すでに上条当麻は全部終わっていた。

彼我の実力はそこまで決定的だった。

そもそもアリスには少年を害するつもりすらなかったのだ。

上条自身が自分で選んだ。アリスはやめた方が良いと散々警告していたのに、その絶対性をろくに信じず軽んじて。自分の命や人生について大して考えもせず、きっと今回も何とかなるだろうと安易に流してしまった。そんなはずないのに。アリス＝アナザーバイブルの規格外ぶりを知っていれば、絶対にそういう風には考えなかったのに。

だが選択は選択だ。

すでに行動のチケットは全て消費した後。

自らの足で分岐を越えてしまった以上、もはや予定通りの死の結末を変える事など叶わない。

11

軽い一言だと思ったか？

それは全ての前提に勝る。

アリス＝アナザーバイブルの力は絶対だ。何も直接的な暴力に限った話ではない。

第三章　予言 Last_Branch(of_Die).

1

第七学区だった。

夜半、アンナ＝キングスフォードは巨大なクレーンのてっぺんに立っていた。

すらりと背筋を伸ばし、彼女はただ頭上を見上げていた。

こんな夜景の光で塗り潰されたような夜空であったとしても、冴え渡る星々を眺めるだけで、
達人は光ファイバーで覆い尽くされた世界を検索するよりも膨大な情報にアクセスできる。

そして彼女は正しい事にしかその恩恵を使わない。

だからこその、達人。

（……星ガ揃った。そろそろ、あの少年ガ自らノ分岐ノ存在ニ気づいた頃合いですか）

息を吐く。

それは全くの脇道。

そもそもキングスフォードは上条当麻とは直接の面識さえない。もっとはっきり言えば同じ街にいる赤の他人に過ぎない。

（そして気づいたところデ既ニ変更すらままなら×。たとえ自分ノ人生であったとしても、過ぎてしまった分岐だけハ選択ヲ変更でき⧄×。かのＣＲＣガ、重大ナ分岐ヲ見過ごした結果、本来なら勝っていなければおかしい戦いデあっさり破滅したのと同じく。個人ノ人生ニおける最強ノ天敵とは、すなわち自分自身ノ『業』なのですわ）

「まあ、知ってしまった以上ハ放置モでき⧄×か」

だが捨て置かない。

この辺り、利害や戦況、最低限の交友すら達人は全く考慮しない。

赤の他人で結構。

だからどうした？

悩み、迷い、苦しんでいる人がいればすでにもう行動を起こしている。

それが完成されたアンナ＝キングスフォードである。

未だそこまで達していない愚者が告げた。

『人間』アレイスター。

「……どこへ行くつもりだ、キングスフォード」

「周囲へ奉仕ヲするためニ」

「これは私の仕事だ。あなたにはもう戦う理由などないはずだろう‼」

直近、ローゼンクロイツ戦だって奇跡のようなものだった。

戦闘自体には勝てなかったのだ。世界の全てを即座に検索できるCRCが何故かたまたまアンナ＝キングスフォードが永久遺体である事を失念していたから良かったものを、バレていたら念入りに損壊されてそこでおしまいだった。

計算不能の奇跡頼み。

究極の、達人とまで呼ばれる魔術師であっても、負ける時は負ける。

分かっているはずだ。

アリス＝アナザーバイブル。かのCRCをいとも容易く粉砕し、殺害し、敗者復活のチャンスさえ許さず完全な形でこの現世から消し去った正真正銘の化け物。

キングスフォードはそこまで届いていない。

彼女自身、そこは理解しているはずだ。人間の内面という小さな世界と物理的な意味での大きな世界を照応させて強大な力を振るう以上、ここまでの実力を誇る魔術師が自己分析を徹底できないという方がむしろおかしい。

それでもなお、魔術の本質を正しく知る女性は笑って言った。

己が末路を正確に見据えて、あっさりと。

「此処デさよならです」

「しかし‼」

新統括理事長との連絡も途絶えた。

他に協力は見込めず、自力で全て片付けるしかない。

状況は明らかに悪化していて、しかもアリスの実力はどう見てもCRC以上。目の前に広がっているのは間違いなく死地。アリスが待つのは、踏み込めばそれだけで死ぬ土地だ。

「アレイスター。最初～あなたハ理解していた筈ですわ。己ハ只ノ永久遺体。既ニ×んでいる肉ノ体ヲ機械的ニ動かしているだけデあり、最初～命等あり〼×。偶々以前ノ戦闘デ助かろうが、この戦いデどうなろうが、生存ノ道ハ×、×んだ肉ハ×んでいるのみだと」

「……、」

現世と異界の秘密を等しく知る達人は、そもそも自分の命になどいちいちこだわらない。

醜く足掻くのはいつまでも一つの世界にしがみつく半端者だけだ。

それでも。

分かるのだ、未熟者なりに。

アンナ＝キングスフォードには最初から未練がない。醜くしがみついたり、踏み止まろうという考えがない。

目の前の一人を苦しめる、未曾有の脅威を取り除ければそれで良い。

対象が直接の知り合いかどうかすら考えない。

彼女は前提として、戻ってくる気がないのだ。そんな所に勝敗条件を設定していない。

人は、ただ極めるだけでここまでできる。

そんな見本。

「抑々（そもそも）、己ノ役割とは？　誰にも倒せ×（なか）ったアンナ＝シュプレンゲルニ対する、個人専用ノ切り札。その筈（はず）ですわ。想定目標ノシュプレンゲル嬢ガ×（あく）なる呪縛（から）～解放され、戦って決着ヲつける必要ガ×（なく）なった時点デ己ノ役割モまた終わったのでござい〼（ます）よ」

言い返せなかった。

その通りだった。

つまり別れを避けられない。アレイスター＝クロウリーは常人を超える叡智（えいち）を自在に振るい、誰にもできない事をやって、そして普通の人であればそんなものが存在すると知る機会すらない苦難のしっぺ返しに牙（きば）を剝（む）かれる。人生で最強の天敵とは自分自身の業。キングスフォードが告げた言葉のままだ。

すでに詰んだ。

なのに。

「死力なら、私が尽くせば良い……」

頭で理解しながら抗（あらが）ってしまうのは、やはりアレイスターは未熟で醜い『人間』だからか。

だが忘れてはならない。

この『人間』は悪業の塊だが、いつだって、自分自身のためには悪あがきしない。

「アレイスター＝クロウリーは公的には一九四七年に死亡し、しつこくしがみついた統括理事長は大悪魔コロンゾンとの戦いで実際に死亡している。条件なら私だって同じ。あの少年を助けるなら私がやる。必要ならできる‼　だったら相応しいはずだろう。死んで世界から立ち去るのは清く正しい聖者サマより世界最大悪人の私の方が⁉」

「×、あなたには×執着ガ○」

一撃だった。

真なる達人は、隠し事の有無などいちいち論じない。

もっとそれ以前に、当人が自覚すらしていなかった心の奥底まで見据えている。

自然に。

それでいて、優しく。

「意識的であれ無意識的であれ、大悪魔ノ体ヲ乗っ取って迄しがみついたノでしょう？　×この現世デやりたい事ガ残っているのか、あるいは捨て置け×何かガ残っているのか。彼ノためニ×ぬ事ハ、彼ト共ニ◎きる事とは違い⧄。絶対ニ。何にせよ、あなたには×早い。人ハ、いつか必ず×ぬノです。ならば特別焦る必要ハあり⧄×よ。まずハ最後迄成し遂げなさいアレイスター、自分ノ人生ヲ。人ガ×ヲ覚悟するのは其～でも遅く×」

笑みすら浮かべてキングスフォードは言ったのだ。

淡く。

アレイスターは無手のまま右手を緩く握った。

すでに見ているだけで指先まで痺れそうなほどにいびつな杖の圧があった。

その手元で火花のように特定の数字が散る。

「……限界だ。力ずくでもあなたを止めると言ったら？」

「薙ぎ倒して先ニ進み〼」

「っ」

あっさりと、だった。

さも当然といった優しそうな口調。

ただの言葉でキングスフォードは『ブライスロードの戦い』の覇者を圧倒したのだ。

できない、などとは言わせない。アリス＝アナザーバイブルにアンナ＝シュプレンゲル。そもそもアレイスター一人ではとっくにパンクしていた。対処不能な状況に陥ったからこそ、永久遺体を利用しようなどと不遜な事を考えたのだ。

搦め手、裏切り、不意打ち、疑心暗鬼、そして敢えての真っ向勝負。

世界最大の魔術結社を壊滅にまで追い込んだ『ブライスロードの戦い』で散々使った汚い手を全部持ち出しても、ダメだ。

単純な一対一では勝てるはずもない。

アンナ＝キングスフォードが本気を出せば、それこそアレイスターなんぞに抵抗できるはずもない。ただただ己の未熟を見せつけられるのは目に見えている。肌の奥にあるスイッチも触れられるはずがない。

「己ハこんな所デあなたニ×(し)んでほしくハ×(ない)。たとえ既(すで)ニ何回×(し)んでいようとも、次ノ×(し)ヲ安易ニ受け入れて◎(い)い理由ニ等(など)ハなら×(ない)。そのためならば、己ハ持てる力ノ全てヲ使って此処(ここ)デあなたヲ〆(しめ)て倒し⧄(ます)。×(し)にニ出かける力モ残ら×(ない)ほどニ」

それは、矛盾だ。

人が安易に死ぬのは許さないとその口で言っておきながら、キングスフォードは自分が死地に向かうと断言している。

ここで自ら思考し駆動する永久遺体として持ち合わせたチケットを全て使い切ると。

だけど、この人が優しく笑えば、それだけで繋(つな)がるはずもない前提と結論が違和感なく結合してしまう。

そういう不可思議。

つまりそれこそが、アレイスターにはまだ届かない、限られた達人のみが知る魔術の本質なのか。目につく人を守り、笑顔を作って広めていく。そんな、人の手による奇跡の業(わざ)。

止められない。

神の外見と機能を着こなすだけの神装術ではない。神を憎むあまりアンチテーゼから出発して世界の仕組みを解き明かす逆説のロジックでもない。

ただ真っ直ぐに、他者への奉仕のために自らを完成させたこの達人だけは、世界の誰にも止められない。

ぽすっ、という音があった。

不出来な弟子がアンナ＝キングスフォードの胸元に顔をうずめた音だった。

子供みたいに洟をすする音があった。

「やだ」

「分かり〼」

「……いやだよ……」

「そう思ってくれる誰かト出会えた事。全てニ裏切られたあなたノ中〜そんな当たり前ノ感情ヲ引き出せた事。其だけデ、既ニ己ハこの世界ニ十分勝っており〼よ」

透明な粒がこぼれた。

その胸で迷子の頭を抱き留めながら、アンナ＝キングスフォードは優しく囁いた。

母親のように、未熟者の金の髪を撫でながら。

「永久遺体ノ活用ハ、必要ナ事だったとは思い〼。特ニ、前年ノ一二月三一日ノ時点では。誰かガアンナ＝シュプレンゲルノ動きヲ止め×れば、CRC『再誕』ヲ待つ迄モ×世界ハ混乱ノ中ニ沈んでいたでしょう」

達人は、愚か者に一つ一つ教えていく。

改めて。

理屈も考えずただ厳格である事が美徳だと勘違いしていた両親も、何ら目の前の社会問題を改善できなかった教師達も、叡智(えいち)の探求すら忘れて醜い権力闘争に明け暮れた『黄金』の魔術師どもも。

誰もこの『人間』に教える事のできなかった、ひどく当たり前の話を。

本当なら最初に教わるべき話を。

「×(ですが)、命ヲ弄んでハなり⧄×(ません)。あなたにはいとも容易(たやす)く其(それ)ガ◯(で)きてしまう高い技術ガある〜(から)こそ、自らノ意志デ己ヲ管理する以外ニ脱線ヲ防ぐ方法等(など)何処(どこ)にも×(ない)ノですわ。既(すで)ニ×(し)したる者にも尊厳というものハ存在し⧄(ます)。人間ハ×(し)んでも人間なのです。今ヲ◎(い)きる者ノためニ死者ヲ軽んじた時点デ、あなたノ痛みハ確定していた。改善なさいアレイスター。あなたハ痛みト引き替えニ遠回りさえ恐れなければ、いくらでも学ぶ事ガ◯(で)きる一人ノ魔術師なのですから」

「……、」

「そして安心なさい現世ノ迷い子よ、あなたハ一人にはなり⧄×(ません)。あなたノ大切ナ人ハ、この達人ガ何ヲもってしてでも必ず救う。あらゆる反則ヲ使ってでも、ですわ。です〜(から)孤独ニ潰される心配ハあり⧄×(ません)」

2

確かに。

湿った音があった。

上条当麻の体の中からだった。

流石に幻聴だとは思う。

だけど腐った肉がこぼれ落ちるような異音が、確かに。

「……、──────」

彼はもう死ぬ。

光に満たされた教室で、上条当麻は自覚する。

これは避けられない事実。誰かが意地悪で追い詰めた訳ではない。元々他人を見捨てれば助かったかもしれないのに、上条自身が『暗部』の中で選んだ自分の選択なのだ。

ごりごりとした違和感。

右の脇腹と背骨についてはアラディアか。首元の違和感はH・T・トリスメギストス。なまじいつも通りで、極端な激痛がないのが逆に怖い。

『何か』は確実に進行しているのだ。

自分の体を自分で把握できなくなる、そんな嫌悪感。沈黙の臓器がアラートも出さずにただ色を変えていく。そういうイメージ。死。終わり。見えない重圧。液晶表示の省かれた悪趣味極まる時限爆弾。

「……人間……」

あの『魔神』オティヌスさえも、口の中で呻いてそれっきりだった。

リカバリーが利かない。

『死にますけど』

『それでもだ』

思えば例の選択は、神様のいない所で勝手にやってしまったか。

迂闊にも、こんな大事な事を一人で決めた。

しくじって当然だ。

そもそも最初から間違っていた。

『旧き善きマリア』の『復活』はこれまで何回使ってもらった？　つまり、ここに来るまで何回死んだ。たった数日の間に。それはまあ、長い人生で一度くらいは何かの間違いで九死に一生を得る事もあるかもしれない。だけどそんなに大盤振る舞いしてしまったら、流石にバグやエラーに似た間違いが毎回毎回きちんと恩恵を与えてくれるとも思えない。そもそも右手のせいで常に『不幸』に付きまとわれている少年に、理由のないラッキーなんか通じない。

『旧き善きマリア』が劣っているのではない。

そもそも一回生き返っただけでも十分過ぎる奇跡。

用法容量をガン無視してこんな短期間に何度も何度も連続使用する方が、どう考えても悪い。

騙し切れなくなってきた。

すでに化けの皮は角の所からめくれ始めている。

「ねえせんせい、少女が何で魔道書図書館なんて欲しがったと思います？」

「……、」

「魔道書図書館の知識を使って少女にはできない事を成し遂げようとした？ あるいは壊れてしまった少女の頭の中を修繕するために？ いいえ違います。少女は普通に完成していますし揺らぎませんし。簡単じゃないですか。少女はすでに分岐の向こうへ行ってしまったせんせいを何とかしたかった。現世にまだ何か方法が残されていないか探るために、全世界の叡智が一つにぎゅっと凝縮された魔道書図書館を調べてみたかった。それだけですし」

「………」

致命的な分岐の向こう。

愚かにも自分で選んで突き進んでしまった、間違った果ての果て。

本当に危険な状態だったのは一体誰だった？

「あれば少女はすがりますし、なければ諦めます。世界の深さとはその程度だったのかと。こんなにも広い世界に何十億人もひしめいていてせんせい一人を助ける方法が一つもなかっただなんてそんなのはきっと努力不足ですだからもしそうなら少女の力でもって罰します全てを」

Ｈ・Ｔ・トリスメギストスは言っていた。

自分は最初から殺害派。

そして上条当麻（かみじょうとうま）の命を迅速かつ確実に刈り取る方法は、当のアリスと引き合わせる事だと。

全てその通りになった。

大病を恐れる人が医者の宣告に脅（おび）えても仕方がない。分かっている。そもそも病気を患（わずら）ったタイミングはもっと前だし、元を正せば自分の運動や食生活、生活習慣にだって問題はあったのかもしれない。

だとしても、この恐怖は本物だった。

前提は覆（くつがえ）った。

死の象徴はアリス＝アナザーバイブルではなく、上条（かみじょう）の良く知る別の少女に置き換えられる。

白。純白。いつでも隣にいて、そして全てを知る修道女。

痛みなんかない。

確定で迫る死に対し、当たり前にのた打ち回る権利すら与えられない。

圧が増す。

とてつもなく分厚い透明な壁で、ゆっくり押し潰されていくような。

世界最速のリニアモーターカーで恐怖を感じる暇もなく赤と黒の飛沫となって吹っ飛ばされるのと、駅に入ってきた各駅停車の列車の車輪に徐行でじわじわと体を挟まれていくのは、さてどちらがおぞましいだろう？

悪意もなく。

屈託のない笑みを浮かべて少女は言った。

「さあせんせい？　ひとまず魔道書図書館の元に行きましょう！　どっちみち、難しい顔してせんせいを診断するのは少女ではないですし。それなら全てを知るシスターさんがやってくれるので☆」

3

H・T・トリスメギストスは状況を遠巻きに眺めていた。

アリス＝アナザーバイブルとは『橋架結社』の中でも最も古い付き合いではある。何しろこの現代において、彼女を発見したのは彼だったのだから。

でもそんな青年執事にも、分からない事はたくさんある。

そもそもH・T・トリスメギストスは、アリスの始まりを知らない。

どこで生まれ、どこで育ち、どこで改変され、どこから逃げてきたのか。

何一つ。

どこかの国の街中で見つけたのだって完全にただの偶然だった。暗がり。屋根もない吹き溜まり。オープンソースとして絶大な価値を持つものの、それが分かったのだって世界をさまよう少女を手元に置いてから、かなり経ってからだった。

最初はケダモノのようだった。

何を食べて生きてきたのかも分からないくらい彼女は荒みきっていた。

アリスがアリスとしての力の使い方を知らなかったのは、まさしく幸運以外の何物でもない。あの頃のアリスがアナザーバイブルとしての『力』を無秩序に振るっていたら、多分それだけで世界なんか簡単に崩壊していただろう。

屈託なく笑うアリスは、知らない誰かの隣にいる。

H・T・トリスメギストスが見た事もない表情を浮かべている。

それ自体は別に良い。

青年はただ従うだけだ。もちろんアリスのためではなく、自分のために。H・T・トリスメギストスは魔法名を捨てて異なる神の外見と機能を着こなす『超絶者』。自らが設定した『救済条件』でのみ世界を眺めて救う範囲を決める存在である。であれば第一に救うべきは、自分でもアリスでもない。

一般論の守護神。

戦争、暴動、災害、孤立、疫病、飢饉、恐慌。誰もが当たり前と思ってきた常識を改変する力を持った全てから人々を保護する存在。

彼は、世を救う主を求めている。

逆説的に言えば、唯一例外的に一般論をねじ曲げる事が許されるのは、全世界の人々を余さず次のステージへと導くパラダイムシフトの担い手のみ。半端なカリスマには任せられない。

それはクリスチャン＝ローゼンクロイツなのか。

あるいはアリス＝アナザーバイブルなのか。

目的は明確でありながら、しかしふと、青年執事はこんな事を思う。

『救済条件』は分かった。

だが自分は具体的に、一体どこの誰を助けたいのだろう。

4

第七学区の鉄橋では、『超絶者』と『超絶者』の戦いに大きな流れができつつあった。

「チッ！　『旧き善きマリア』⁉」

ホウキ代わりに拝借した踏切の遮断機を掴み、鉄橋の重量を分散するための鉄骨の側面に張りついたままアラディアが叫ぶが、冷たいアスファルトの上に崩れた女から返事がない。

悪い知らせ。

回復の要だった『旧き善きマリア』がいきなり倒れた。

単純に人数が一人減ったのとは事情が違う。

褐色の八頭身モデル、ヴィダートリが背中合わせに負った球体関節人形ダートリの手足をガシャガシャ揺らし、白い糸と黒い髪を精密に繰り出しながら花束のブロダイウェズへ囁く。

「まだサポートはいるか？」

「いいやあ、各自自由にやってよ。一ヶ所の衝突に多くの『超絶者』を割り当てるより、全体の衝突数を増やして連中の頭の処理能力を奪ってもらった方がわらわも助かるー」

ひらりと何かが宙を舞っていた。

紅茶のカップやソーサーが虚空をゆっくり飛んでいる。

『不思議の国のアリス』、その記号性。

地面に手をついて荒い息を吐くボロニイサキュバスが、気づいて小さく呻いた。

「ジジジ、もうすでにこんな所にまで……」

「あはー☆　当たり前でしょ？」

ゆったりと笑うのは花束のブロダイウェズだった。

ゴッ‼　と。

極限愛され顔が笑みの一つを浮かべただけで、呼応するように長大な黒い龍が夜空を埋めた。

身をくねらせる大蛇のようなその正体は数万ものムクドリか。そのものが毒を持つ訳ではないが、どんな生き物であれ一定以上の数が集まれば人の生活を脅かす存在に化けてしまう。

ボロニイサキュバスが夜空一面を埋め尽くす黒き龍を見上げた一瞬だった。

花束のブロダイウェズ本人が大きく前へ踏み込んだ。

躊躇なく。

「っ」

数の暴力に圧倒されている場合ではない。

ボロニイサキュバスが背中の翼を振るってありったけの空気を蓄える。

自分から真横へ吹っ飛ぶ。

ばぐんっ‼　と。猛獣の顎のように分厚い金属板で覆ったコート状の対爆スーツの前が閉じ

る。それは甘い匂いの鉄の処女。内部に隔離された空気が圧搾され、逃げ場を失って蒸気機関に似た奇怪な残響をこぼしていた。

間一髪だった。

迂闊に留まっていたらそのまま『喰われて』いた。

恐怖よりもむしろ、ボロニイサキュバスの眉間にチリチリと攻撃的な力が集まる。

(ええい。こんなものを坊やが育った街へ無秩序に放り出す訳にもいかんばい)

こうしている間も上条当麻とアリス＝アナザーバイブルはどうしている事か。

レギュラーな『超絶者』では本気を出したアリス相手に何秒保つか予測もできないが、それでも、無防備にあの少年をアリスの前に立たせておくのはあまりにも危うい。

そう思える自分に苦笑し、妖艶な悪魔は自らの感情を戦う力に置き換えていく。

「あれあれー？」

笑って、花束のブロダイウェズは両手を左右に大きく広げた。改めて、ゆったりと。

まるで分厚い壁。

銅の装甲板で膨らんだ対爆スーツの内側から、むせ返るような蜜の香りがボロニイサキュバスへ押し寄せる。これだけ距離を取っていても、なお注意しないと頭がぐらつくほどに。

閉じた世界の中では一体何が起きているのか。

くすくすと笑って裸にエプロン一枚の痩せこけた少女（？）は言う。

「別に痛くも苦しくもないよ？　心配しなさんな、何よりわらわはどんな嫌われ者でも平等に愛される優しい世界を創りたい。『救済条件』は分かったかしら。きっひっひ☆　たとえ薄汚れた淫乱悪魔であっても愛してやるヨオお姉さんの胸に飛び込んでこいヨオ!!」

「……快楽で殺す、ずらか」

「あはは☆　『トータルコートシップ』、世界で一番スウィートでラグジュアリーな人生の終わりへようこそー♪」

例えば致命的な薬剤に短期間で慣れて次々と耐性を身につけてしまうゴキブリに対しては、何も化学的な苦痛をエスカレートさせて殺すだけとは限らない。エタノールやアセトアルデヒド、ソトロンなどの化学物質を美味しいエサと誤認させ、罠に誘い込んだり別の薬剤を巣まで持ち帰らせて全滅させる商品も普通にある。人間は殺害対象の嫌がるものだけではなく、敢えて標的が何を一番に好むかまで徹底的に突き詰めて利用する。

そこまで極めた、殺すための愛情。好きという感情を致命的な凶器になるまで鋭く研ぎ続けた、ずぶずぶの激甘モンスター。痛みに抗うため単に防御力を高め、当たり前の打撃や出血に備えるだけではすり抜けて即死する。

そういう特化型。

あらゆる快を激痛に変換するボロニイサキュバスの『コールドミストレス』とは真逆の切り札を揃えた、異なる最強のカタチ。『超絶者』。

犠牲者は恐怖を覚える資格すら奪われ、ただただ幸せに埋め尽くされたまま命を落とす。全てが曖昧な極彩色の世界で、覚悟も決意もなく最後の一線を踏み越えてしまう。

遭難。

辞世の句すら許さない、完全なる掌握。

四四口径の銃弾よりも明確な死。その名は愛。

「……そなたやっぱトコトンまでぼっけえ性に合わんばい」

「きゃはは☆　逆に燃えるってもう分かってて言ってるよねえ⁉」

そういう戦闘態勢なのだろう。

分厚い銅を張りつけた巨大な対爆スーツを自ら大きく広げ、内部に閉じ込めた大小無数のテラリウムを展開して。裸にエプロン一つの激痩せ少女は甘い蜜の香りを胸焼けするほど押し出す。花束のブロダイウェズが無造作に一歩踏み出してくる。

そして言う。

「少しはおかしいと思わなかったのー。わらわ達はどちらも同じレギュラーな『超絶者(ちょうぜつしゃ)』。集団と集団が衝突したところでそう簡単に決着はつかないわ。にも拘(かかわ)らず、実際にはあなた達はあっけないワンサイドゲームでやられてる。『超絶者(ちょうぜつしゃ)』同士の相性？　扱う術式の組み合わせによってたまたま無敵のコンボ、ロイヤルストレートフラッシュでも発生した？　いやーそんな話ですらありえない」

「……、」

「アリス＝アナザーバイブルには誰も勝てない」

ここだけは、厳かであった。

まるで自分だけが信じる手作りの教義でも読み上げるかのような、そんな口振り。

自らの祝福しか考えない花束のブロダイウェズが恍惚のままに告げる。

「言葉の意味を甘く見ていたようね。その楽観が例外のない死を招く。これは単に、アリスと直接殴り合いをしなければ命は助かるなんて低い次元の話じゃないわ。誤魔化せないじゃん？偶然は全てわらわ達に利するし、根拠のない勘やインスピレーションだって全部的中する。世界の流れがこちらに味方するって訳。アリスと『共鳴』し、勝ってる方に属するってそういう意味よ。はっきり言うけど、わらわ達は当てずっぽうに乱射しているだけ。勝手に当たっているのはあなた達の方だもの」

ヴィダートリ。

２ｎｄサーガ。

そして花束のブロダイウェズ。

こちらは頭数が減っているのに、ヤツらは全くの健在。途中で何発かクリーンヒットは当てたはずなのだが、結局はダメージを受け流されたか。

そもそも相手の予測をすり抜けているから防御も回避もできず直撃しているはずなのに、それを一〇〇%の精度で姿勢を変えて被害の削減ができている時点でおかしい。

単なる個人の技術だけじゃない。

アリス=アナザーバイブルとの『共鳴』。

「あの子に逆らえば死ぬ。距離を取れば手は届かないとか、物陰に隠れれば見つからないとか、間接的であれば懲罰から見逃してもらえるとか、根拠もなくそんな例外の発生に賭けた時点であなた達は敗北していた。まして、正しければ許されるだなんて」

「……自分を愛するだけのそなた達の、どこがアリスの仲間かの？」

「幼いあの子に正しい判断を期待するのは酷じゃないかしら。獅子は我が子を千尋の谷に落とす、可愛い子には旅をさせよ。そういう回りくどくて分かりにくい親の愛があの子に通じると思う？　アリスはもっと単純よ、だから恐ろしい。あれくらいの精神年齢なら自分を褒めて甘やかしてくれる人は全部味方に見えるんじゃない？」

しかもここに留まらない。

『おーい』

ざざざざざ!!　と大きな川を割るように何か大きな影がこちらに近づいてきていた。

全長一〇〇メートルほどの特殊艦艇。

三〇〇メートル以上ある原子力空母などと比べるとかなり小振りだが、紛れもない軍艦だ。

挙げ句にそのものではない。

全体がつるりとした白い影でできていた。

おそらく警告または威嚇用のスピーカーから間延びした少女の声があった。

そういえばいつの間にか存在感が消えていたヤツが一人いた。

『ちょっと準備に手間取ったけどわたし戻ってきた』

艦橋部分は明らかにこの鉄橋より高い。

おそらくは途中にあった橋も全部落として進路を確保している。これではどっちが学園都市を壊しているか分かったものではない。

本気で目を剝いてアラディアが叫ぶ。

「ちょ、ムト＝テーベ!!　貴女何それ!?」

『え？　学園都市製のドローン空母「かげぬい」だけど？』

大型の戦闘機を多数搭載・運用する空母は巨大でなければならない。サイズや重量などのバランスが取れなくなるので潜水空母や飛行空母なども作れない。……そういうこれまでの常識もまた、コックピットを省いたドローン化によって航空機一機辺りのサイズが小さくなり、整備維持まで艦内の自動整備工場に任せてしまえば、丸ごと覆る訳か。

相変わらず学園都市はゲテモノばかり作って喜んでいる。

そして呆れている場合ではなかった。

空母。

『ゆけ皆さん』

ドカカカッ‼　と爆音の連打が炸裂する。平べったい甲板上へ一斉に四角いコンテナ状のキャニスターがせり上がり、まとめて火を噴いたのだ。世の中には一分間あれば一〇〇万発撃ち出せる電子着火銃も存在する。まるでプログラム制御された花火大会。実際にはコンテナ正面にある蜂の巣みたいな穴から飛行物体が大量に解き放たれていた。それらは空中で可変翼を大きく広げると規則的にチームを組んで編隊飛行に移行する。群れと群れ。一つの塊みたいになったドローンはそのまま夜空を支配する数万ものムクドリ達と真っ向から衝突していく。

前提と優位性が覆る。

生物と機械。

共に遠隔で操られるその数が全くの同数であれば、ただの小鳥と人の手で組み上げたメートルサイズの航空兵器のどちらが勝つかは言うに及ばずだ。

必要な反撃かもしれない。

だが逃げ回るムクドリの群れを追いかけるドローン側の機銃掃射が川沿いの高層ビルへまともに突き刺さり、太い電源ケーブルが破裂したのか壁面で火花系の爆発を複数巻き起こす。

「ムト＝テーべっっっ‼‼‼」

が、怒鳴りつけようとしてアラディアの口が止まった。

褐色少女の様子がおかしい。

『アいえーっ。映える写真を撮りたいみんなー、わたしに言ってくれればタイミングはこっちで合わせるよ。ひゅーひゅーどんどんアリスパレードパーティいえーい☆』

花束のブロダイウェズはくすくすと笑っていた。

彼女は明らかにこの展開を歓迎していた。

敵味方ではなく、ムト＝テーベはもう戦闘そのものへの参加意識すら保てなくなりつつある。

つまり全部放り出して遊んでいる。なのに、ヤツの行動は確かにこちらの首を絞めてくる。

嫌な偶然の連発だった。流れを感じる。

「劇症型コタツシンドロームだっけ？　ようは、アリスが一つの場にいる事での群集心理への影響。自分達はあてられない理由が何かあるとでも思ったのー。たとえ魔術師だろうが『超絶者』だろうが、遅かれ早かれアリスは全てを呑み込んでいく」

「……、」

「自分達。そう、あなただって例外じゃないわ、ボロニイサキュバス。そしておそらくはわらわだって。歪んでしまったお茶会の中では、わらわ達は互いに敵味方という認識すら保てなくなるでしょうね。地球のみんなが酸いも甘いも噛み締めて必死に作ってきた世界は今日あっさり終わるかもしれないけど、でもそれってある意味でとても平和な時代の到来だよ。全て呑まれて等しく被害者となれば、敵も味方も丸ごとなくなるんだから」

さも当然のような口振りだった。

ただし前提がおかしい。

　何より重んじるべき『救済条件』すら言い訳に使い、自分だけを愛して『力』を惜しみアリスを庇(かば)っているだけのこいつらが、アリスの歪(ゆが)みに呑(の)まれて己を見失う結末を良しとできるはずがない。この世の何より自分が可愛(かわい)いナルシストが内面、美的感覚そのものをいじくられて満足したがるなんて話は絶対にありえない。

「そなた……。自分が何を言ってるか分かってるずら？」

「あっは☆　あれー？　わらわってもう壊れてきた？？？」

　あっけない口振りだった。

　これほどの存在が恐怖や嫌悪(けんお)どころか、違和感を覚える資格すら失いつつあった。

　空間が歪(ゆが)みつつある。

　一点から、やがては世界全部がこうなる。

　もはやアリス＝アナザーバイブル本人が望む望まざるに関わらず。

　そう予感させるには十分すぎる不吉だった。

「どっちでも良(い)いわ。抵抗しようがしまいがアリスには誰も逆らえないから」

「世界の事は全部アリスに押しつけて、自分だけは木や草や花のように、生きる苦労すら捨て去ろうとまで言うばい？　花束のブロダイウェズ!!」

「くすくす☆　『トータルコートシップ』、散布準備完了。さあ、激甘の愛情であなたの内部をくまなく埋め立てて体中の血管ブチ破ってアゲル。この段階まできてまーだそんな大人モードのお小言トークなんかしてるから、アリスにウザがられて牙(きば)を剝(む)かれんだよオ？」

5

「……、」

アンナ＝シュプレンゲルはそれを見ていた。

上条(かみじょう)やアリスを捜して占術を行ったはずなのに、何かが、曲がって、こんな所に迷い込んでいた。

正しい資格がなければ真(ま)っ直(す)ぐ歩く事もできないのか、不思議の国は。

鉄橋を中心とした半径四〇〇メートルは死の領域だ。直接は見た事もないアリスにあてられて街を埋め尽くす群衆さえも、不用意にあそこには近づこうとはしない。

それは本能なのかもしれない。

たとえ酔っ払っていても帰巣本能(きそうほんのう)は働くように、現実を見失いつつある少年や少女でも触れてはならないものだけはまだ仕分けができるのか。

それもまた、やがてはお湯に溶けるようになくなっていくのだろうが。

その時こそが世界の終わりだ。

上条当麻(かみじょうとうま)を助けたい。アリス＝アナザーバイブルと共に戦いたい。彼を守りたい。

だが不思議なくらい一点に集った鉄橋での情勢はすでに決定づけられた。

あの『超絶者』の群れが改めて街に散らばったら、上条一人では収拾がつかなくなる。少年の世界はただ壊れていく。

ならば。

そうなる前に。


「何ヲするト？」

「ッ⁉」

呟く女性の声があった。

耳元からだった。

アンナ＝シュプレンゲルは今さらのように慌てて振り返る。

それは安易な神装術などに頼った『超絶者』ではない。己の胸に魔法名を刻んで自分自身の足で立ち、個人の意志で大きな世界と向き合う事を決めた達人の声だった。

理屈ではない。

魂の部分から震えと冷たい汗が滲み出るのをシュプレンゲル嬢は隠せない。

「アンナ＝キングスフォードっ⁉」

「やめておきなさい。まったくあなたらしくモ×。『超絶者』ト『超絶者』ガ集団デ戦って×一つノ流れニ傾いていく中デ、今さら正面〜一人分戦力ヲ追加したところ×趨勢ハ変えられ〼×。悪女デ鳴らしたあなたなら己よりよっぽど理解◯きているでしょうに」

「止める理由は？　偽りのアンナが死んでそっちに困る事があるとは思えないけれど」

「困り〼。己ハあなたニ×んでほしくハあり〼×」

即答だった。

真なる悪女はこういう正面からの一発に慣れていない。

（あの愚鈍といい……）

面食らい、わずかに反撃のタイミングを失った小さなシュプレンゲル嬢に、キングスフォードはお上品にくすくす笑って言う。

似てはいても、決して自分にはできない笑みで。

「確かニ、『超絶者』ト『超絶者』ノ正面衝突では、アリス側〜ノ支援……×、『共鳴』している側ガ有利では◯でしょう。抑々『超絶者』ハ唯一ノ成功作アリス＝アナザーバイブルヲ解析して引きずり出した術式ヲ、掘り当てた現代ノ魔術師達ガ部分的ニ自分ノ体ニ適用させて形ヲ整えた嘘偽りノ神ノ群れ。元〜未完成デ不安定ナ存在なのですわ。見本ガ◯ノです。『共鳴』、きちんト完成しているアリスニ土台ヲ支えてもらった方ガ強固ニなるのは自明ノ理では◯でしょう」

「ならどうしろと？　アラディア達が負ければ愚鈍への救援も潰える。世界の全てが総力戦で戦ってもアリス一人に敵うかどうかは分からない状況なのよ！　まして、今は一ヶ所に集中しているアリスに酔った『超絶者』どもが無秩序に学園都市全域へ散らばったら、それこそ愚鈍が育った街がどこまで壊れるか分かったものじゃ

「アリスヲ超える頂点ヲ用意すれば◎」

秒もなかった。

キングスフォードは自分のほっそりした顎に人差し指を当てて、余裕の笑みで言う。

達人とはそれ自体が強烈な標なのだ。

どこまでも広大な海で迷った船乗り達がただただ頭上の太陽や月にすがり、そこから己の帰るべき方位を探るように。

「花束ノブロダイウェズ、ヴィダートリ、２ｎｄサーガ……。ようハ彼女達ハアリスト『共鳴』している～特別ナ力ヲ借り受けているだけでしょう。ならば此方～条件ヲ揃えてあげれば◎。別ノ誰かガ『超絶者』ノ群れヲ統率すれば解決する些末ナ問題ですわ」

いっそ、アンナ＝シュプレンゲルの顔には呆れがあった。

些末ときたか。

アリスを飛び越すほどの強大な対抗馬を調達するのが。

「……あなたみたいな特別のカタマリなら、まあ当たり前に成し遂げるかもしれないけれど」

「何ヲ言っているノですか。◯(でき)るとしたらあなたしかい〼×(ません)」

今度こそ、シュプレンゲル嬢は本気で目(め)を剝(む)いた。

冗談じゃない。

「待った、待ちなさい。わっ、わらわはあなたの名前を借りて外見や機能を拡張し、それでも足りずにエイワスにスペックを増幅させているだけの、ありふれた二流の魔術師よ!!」

「たとえ本人ガ自らヲどう貶(おとし)めよう×(が)、現実ニあなたハイレギュラーナ『超絶者(ちょうぜつしゃ)』です。しかも自分以外ノ誰かノ名前ヲ借りておきながら、×(だけど)アリスノ体ヲ分析して必要ナ術式ヲ取り出した訳では×(ない)。あなたハ全くノゼロ～(から)研究してアンナ＝キングスフォードヲ無事ニ着こなした。詰(つまり)条件ハ対等です。アリス＝アナザーバイブルガイレギュラーナ『超絶者(ちょうぜつしゃ)』デ◯(ある)ように、アンナ＝シュプレンゲルモまたイレギュラーナ『超絶者(ちょうぜつしゃ)』ト呼ばれなければなら×(ない)ノですわ。全くノ等量デ」

「……、」

「あなたデあれば、成し遂げられる」

はっきりと言った。

キングスフォードは断言したのだ。

「アレイスタートいい、あなたトいい、是(これ)だけ好き放題成し遂げておきながらどうして其処迄(そこまで)自らヲ卑下するのか己には皆目見当モつき〼×(ません)×(が)……。今あなた以外実現◯(で)き×(ない)事ガ◯(ある)ト言っているノですよ、シュプレンゲル嬢。己には◯(で)き×(ない)。あなたガどれだけ見当違いニ自らヲ恥じていよう×(が)、他人ヲ着こなすその術式ハ己には思いつきモし×(なか)った一つノ成果です。其(それ)ヲ使って人々ヲ助ける行為ハ立派ニ褒められるべき『奉仕』ト評価し⧄(ます)×(が)、あなたニとってハ違うノですか？」

無言だった。

ややあって、ぐじ、と湿った音があった。

洟(はな)をすする音だった。

「……愚鈍には内緒よ」

「はあ。あなたハそろそろ世界~(から)その実力ヲ真っ当ニ評価されるべきだと思い⧄(ます)ガ」

「内緒」

「ではあなたガ望む通りニ」

「そして出なさいエイワス‼ わらわの意志を確かに倍増させる、自我を持ち気ままに歩くアンプリファイアよ‼」

『早く呼びたまえよ、私が認めた善き天才』

アンナ＝シュプレンゲルとアンナ＝キングスフォード。

永きにわたる呪縛は解けた。

二人はついに並び立ち、無辜の命を守るために絶大なる魔術をかざす。

6

巨大な鉄橋が横からの衝撃で明確に歪んでいた。アスファルトに亀裂が走り、鉄骨からゴルフボールより大きな鋼鉄のビスが高速で弾け飛んで、橋げたと橋げたの連結部分が大きく盛り上がる。

ブラックバスやブルーギル。

一見無害に思えるが、一匹五〇〇グラム程度と換算しても数万匹集まればどれほどの重量になるか。

愛され顔の極み、花束のブロダイウェズが軽く投げキッスを一つ放つだけでその全てを自在に操る。

胸の真ん中にまともに受けた『旧き善きマリア』はすでに倒れている。

次の狙いとして彼女はアラディアを指名した。

眼前のボロニイサキュバスと対峙したままであっても構わない。

鉄橋の重量分散のために使われる入り組んだ鉄骨の上に立つ魔女達の女神に向けて、

「ほーら‼　世界最大級に進化したハイテク大都市ならいくらでも愛されない者達はいるわ。

ブラックバスにブルーギル、ネズミに野良猫、ハトにムクドリ。さあ全部受け止めてやれヨオ偽りの女神様、愛情に餓えた嫌われ者達の嘆きを!!」

「チッ!!」

「くす☆　あるいは愛されない人間ぶつけた方が良いかしら?」

ぎくりと体を強張らせて迎撃用の術式の手を止めた瞬間、黄色と黒の踏切遮断機を掴んだアラディアの真横から鋭くチメドリがその無防備な脇腹目がけて突っ込んでいく。直撃すれば野鳥は勝手に死ぬだろうが、傷口に深く潜り込んだまま断末魔で暴れ回り、その嘴や羽毛から大量の汚染を撒き散らす。

花束のブロダイウェズは舌を出す。

しかし夜風は夜風だった。

鉄錆びの匂いがしない。

「っ?」

外した?

アリス=アナザーバイブルと『共鳴』して背中を押してもらっている、全てが追い風のこの状況で?

当てずっぽうに乱射しても敵の方から勝手に当たってくれるような状態なのに。

疑問を整理する前に別の場所に立っていた褐色八頭身モデルのヴィダートリは叫んでいた。

「２ｎｄサーガ‼　そこのそいつ確実に排除して！」

「うふふ」

闇夜に艶めかしい女の顔と手足があった。少女と美女の中間、一八歳程度の。

逆に言えばまともなビジュアルはそこだけだった。

バラバラに浮いていた。いいや、彼女の胴体は明らかに抉り取られていた。それは奇妙な中空空間。人間のシルエットを包帯のようにほどいていったというか。つまり胴体に巻いた太いリボンのせいか。中途半端に切り抜かれた肉の向こうに、後ろの夜景の明かりがそのまま大きく覗けていた。

空気にわずかな歪みがあった。

あるいはそういう迷彩なのかもしれない。

アラディアは『超絶者』としても奇妙な誰か、内側のみ明るい青で染めた亜麻色ショートヘアの少女の顔と対峙する。

「２ｎｄサーガ。覆って隠す事に特別な意味でも見出していると？」

「一つに選ぶ決断ができなくて。あれもこれももったいなくてきちんと捨てられないから、部屋もすぐ散らかってしまうのよね」

そもそもサーガとは北欧神話に登場する女神の名だ。

極めて強大な力を持つ女神とも、最高神オーディンに詩と叡智を授ける泉の管理者とも言われる存在。

しかし一方で、北欧の石碑や文書を調べてもほとんど記述のない女神。

セックヴァベックなる館に住む以外ほぼ何もわからない女神。

あまりにも情報が少ない。

最高神と楽しく酒を呑む、それだけの、謎めいた存在。

わざわざそれを選んだ。

そこに憧れ、そうなる事を望んだ。

黄色と黒の踏切遮断機を手にしたアラディアは忌々しげに吐き捨てた。

「一人のパフォーマーが複数の神の外見を無理に着こなそうとすると、かえって個性と個性が潰し合って全体の存在感が薄れてしまうってば。普通は役作りや衣装合わせのヤバい禁止ルールとして数えられるはずだけど、まさかそいつを逆手に取る『超絶者』が現れるとはね」

「自覚的に埋没さえしてしまえば、ただの神にはできない事だって手が届くわ。私はセンターじゃない。だけど木や草の役がありえない動きをしたところで、正しいか間違っているかなんて観客側に確かめる術はないもの。つまりステージの上のパフォーマーでありながら、私は台本の縛りから完全に解放されている。私は私を出す事が許された唯一の存在なのよ」

「……、」

「私はどこにも尖れずに埋もれていく端役や補欠を片っ端から救う『超絶者』。そのためには、上から目線じゃダメなのよ。まず彼らの本音を知って同化しなくちゃあね？」

消える。

空気と一体化するほどに本来の実力が解禁されていくのか。

２ｎｄサーガの手足を包む青白い部分的な装甲までも次々と風景に溶けていき、逆に虚空で取り残されたわずかな肌や顔の部分の妖しさが不自然なまでに際立っていく。

顔。丸くて眩い肌は、色気を振り撒くある種の装置だった。

普通ならありえない、青い瞳の中に真紅の瞳孔。これも光を曲げる技術の応用か。

たとえ全身ほどけかけ、バラバラであっても個々のパーツは艶めかしい女性の柔肌。

こんなもの、異性がまともに受け取ったら人格が壊れそうではあるが。

得体のしれない前衛芸術の女が嗤う。

「我が名は２ｎｄサーガ、曖昧にして編纂者の悪戯心や気紛れが生み出した架空神なり。そして正規の北欧神話には登場しない魔術をさも当然に後からいくらでも付け足して振りかざす者でもある。……さあ死になさい限りのある一つの命よ。神の呪い、すなわち不貞の首飾りブリージンガメンその輝きは世界を滅ぼす王と王の戦すら自由自在に勃発させる。たかが個なる人がその死の運命から逃れられるなどと考えるな‼」

胸元だった。中心。

肌を縛り風景を透過する太いリボン、その砂糖水みたいに透明な歪みが２ｎｄサーガの輪郭の外にまでこぼれた。

それは至近距離から眉間に指を一本突きつけられたように、じくじくとアラディアの注目を無理矢理に集めていく。

意味不明なものに明確な殺傷力を自覚する。

誤認。あるいはそれこそが真なるトリガーなのか。

ありえない歪み(ゆがみ)が一発の巨大な砲弾と化して空気を引き裂いた。

暗殺。

絶対に命を奪う呪い。

しかも人を殺すために行動するのではなく、あくまでも自分は美しい黄金と宝石を愛(め)でているだけ、という罪の迂回(うかい)。破滅の原因でありながら首飾り自体は美しいだけで呪いを持たないとして知らぬ存ぜぬを貫ける状況を作っておく事で、万が一呪いを返された時にも直撃しないよう保険を用意している訳か。

アラディアは鼻で笑った。

いかにもそれっぽいレールは敷いているが、実は何の神話的基盤もない寝言である。空は天、神々は光、救いや天罰の考え方、猫は気紛(きまぐ)れで犬は従順などなど、文化と文化をまたいで存在する共通記号さえ組み合わせれば説得力なんか誰でも簡単に捏造(ねつぞう)できる。

捏造(ねつぞう)。

着こなしが杜撰だ。そもそも厳密に善悪のルールを線引きするべき神が抜け穴の存在を認めるばかりか、積極的に利用してどうする。本物の神は周囲の反発や炎上を恐れて言葉を選んだりはしない。どんなに残酷な行いでも、それが本当に必要であれば天罰と一言言えば済む。

そしてたとえ、いかなる呪いが世界の果てまで追ってくるとしても、だ。

こちらはたった一つのアクションをするだけで良い。

つまりは、

「アラディアが二人いれば良い」

「なっ⁉」

2ndサーガが絶句した直後、目には見えない塊だった『呪い』が自らの力でもって大きく裂けた。

冷たい月明かりに照らされるのは瓜二つ。

肩に担いだ黄色と黒の踏切遮断機が、壁に飾られた剣のように交差する。

アラディア側が何かした訳ではない。全く同じ個人が二人以上同時に存在する、という異常事態を『呪い』の方が想定していなかったのだ。結果目の前の事実に対処できず、一発の砲弾が二つの標的を同時に追いかけようとして、自分で自分を内側から引き裂く羽目になった。

霧散する。

消える。

「反則とは言わせないよ。わたくし達は所詮そういう役割を自ら負った、完璧なパフォーマーに過ぎないってば。そしてわたくしに断りもなく勝手にヤバい二人目を創ってこんな学園都市まで連れてきたのは貴女達よね？」

右と左。

全く同じアラディアが風の魔術を放ち、形を持たない『超絶者』をまともに打撃した。

流れが大きく変わる。

「……、」

絶句したのは褐色八頭身モデルのヴィダートリだ。

単純に、アリス＝アナザーバイブルと『共鳴』し追い風を受ける自分達が、リンクを絶たれて嵐の中で孤立した『超絶者』に撃破された事、それ自体に驚愕しているのではない。

そもそもだ、

「どうして今、思いついた？」

「何が」

「最初に花束のブロダイウェズの一撃を回避したのもおかしかった。２ｎｄサーガを打倒する方法が現実にあったとしても、貴様達には絶対に思いつく事はできないはずだった!!　何故なら『そういう支援』をアリスから受けているはずだからッ。一体どうやって思考のマスキングを破った⁉」

「だとしたら条件が変わったんじゃない？　貴女の知らない所で」

「チッ‼」

焦りが大気に伝播し空間一帯を汚染した。

ヴィダートリが自分の意志ではなく、まるで見えない何かに急かされて、背中合わせに負った球体関節人形から白の糸と黒の髪を大量に繰り出した。

それはわざと記載洩れを起こす事で、区切られた世界からヴィダートリ本人が不要と判断した全てを消し去る術式。今この場にあってヴィダートリを殺すであろう要因を全部消し去れば誰も彼女には勝てなくなる。

直後だった。

頬骨に鈍い衝撃があった。横から何か飛んできたと思った直後、ヴィダートリの体が空中で激しくスピンする。衝撃の浸透。何をされたかも分からないまま球体関節人形がバラバラに砕け散り、そして褐色八頭身モデルの体が歩行者用の欄干を越えて一月の暗い川へ落ちていく。

そもそもアラディアは何もしていなかった。

「どこを見ているのかしらお間抜けさん」

ちらりと見れば、鉄骨の上で小さな影が仁王立ちしていた。

アンナ＝シュプレンゲル。

「くふふ、世界の頂点はもはやアリスにあらず。虫けらども、わらわに頭を垂れてその粗末な命でも乞いなさい。『矮小液体』だってあなた達が全部作ったのではなくて、所詮は特別なアリスからの借り物に過ぎないじゃない。なのにオラオラよくも今まで上から目線で人様の命を狙ってくれたわね一山いくらのレギュラー『超絶者』どもがア!!!!!!」

「……何をされたか分からないまま、ね」

やや呆れたように夜と月を支配する魔女達の女神は囁く。

「つまり、あらゆる危険を事前に摘み取る事のできるヴィダートリは、だけど自分が思いもつかなかったヤバいリスクについては無防備に素通りさせてしまう、と」

これはどちらかというと、北欧神話の不死の光神バルドルを殺した話に近いが。微妙にごっちゃになるのはインドとヨーロッパの文化の伝播について、ではなく、『超絶者』が厳密な神そのものではなく実は一つの神話にも縛られない証か。

「そして己の末路は思い描けた？　２ｎｄサーガ」

「そして己の末路は思い描けた？　２ｎｄサーガ」

「ッ!?」

閃光が複数同時に瞬いた。

二人のアラディアが掌をかざして鉄骨から鉄骨へ激しく飛び回る影へ飛び道具の魔術を放つ

と、2ndサーガへ普通に当たる。先ほどまでの様子が嘘だったように。薙ぎ倒し、鉄骨の上から橋へ叩き落とす。

ズズン‼　と。

改めて、（味方なのに暴走してる）ムト＝テーベのドローン空母に乗り上げ三本脚で押さえ込むようにして虚空から現れたのは、『旧き善きマリア』の実験器具『トリビコス』だ。

情勢はあっという間にひっくり返った。

残ったのはコート状の対爆スーツと裸エプロンを組み合わせた花束のブロダイウェズのみ。

アラディアが正面から近づき、ボロニイサキュバスが冷たい目で睨んで、血まみれの『旧き善きマリア』もまた自分の足でゆっくりと立ち上がっていた。

「まっ

ドガッ‼　と肉を貫く鈍い音があった。

ボロニイサキュバスの鋭い尻尾が鋭く射出され、花束のブロダイウェズの肩をまともに裂いた音だった。

正面から、工夫もなく。

勢いで鉄の処女のような対爆スーツまで砕け、両開きの扉に似た銅板の群れがアスファルトの上に倒れる。守りを失った花束のブロダイウェズは眩い地肌を冷たい空気にさらし、テラリウムだの紫外線ＬＥＤライトだののガラクタを撒き散らす。花びらが夜風に散る。

「まだじゃないずら」

冷徹な声だった。

あの少年には聞かせた事のないほどの。

裸エプロンの少女は後ろに下がり、しかし途中で己の足をもつれさせる。

当たり前に転ぶ。

特別はよそへ逃げた。

「己の『救済条件』を見失い、助けるべき人を放り捨て、自分可愛さに『力』の保持だけを考えて。挙げ句に自分が脱線した理由を全部アリス一人に押しつけた。……だから、まだじゃないずら。もう、そなたには何もない。何一つ」

「勝って、全部なくす気……？」

傷ついた自分の肩を逆の手で押さえ、フリルのエプロン一枚となった花束のブロダイウェズが息も絶え絶えに呻く。

分厚く纏った最強の色香は霧散し、後には小さな子供のような脅えしか残らなかった。

「わらわ達にはこれしかない。ちからを、失う事が……怖くはないなんて言わないよね？」

「わたくしは『超絶者』。自分以外の誰か、守るべき者を決めて世界という脅威から人々を守護する存在。そのために自己を捨てて神を着ると決めた者」

すなわち。

夜と月を支配する魔女達の女神アラディアは告げる。

「わたくしの『救済条件』に、わたくし自身を救う事など含まれていないってば。まして浅ましい生のために、関係のない人々の未来を奪う事など絶対に」


鈍い音があった。

『超絶者』が『超絶者』に決着をつけた。


花束のブロダイウェズで、最後の一人だ。

他にもいた人影は、流れの変化を悟って両手を挙げている。自分可愛さなんてこんなものか。

だけどお手本であるオープンソース、アリス＝アナザーバイブルさえいれば『超絶者』はいくらでも創れる。現実に、今ここにアラディアが二人いるように。

渋谷でやったように街の人々を即席の魔女に作り替えるのも、ダメだ。学園都市の能力者が魔術を使えば『副作用』で全身を傷つける羽目になるし、アリスが本気を出したらレギュラー規模の『超絶者』そのものを無尽蔵に生産できる。文字通り、グレードが一つ違う。

外周でいくら戦っても結果は一時的なものに過ぎない。そして同じ戦いを何度も強いられれば今ここにいる有限のアラディアやボロニイサキュバスはまず保たない。

「こんなのはただの前哨戦よ」

分かっていて、なおアンナ＝シュプレンゲルは一言で言った。

アリス系とは全く異なる、もう一つのホストにしてオープンソース。

ここで立ち止まっておしまいじゃない。

「本番はアリス。あの子を止められない限りこの騒ぎは終わらないわ。アリスの周りに控えているハートの女王や案内人のウサギは、あるいはレギュラーな『超絶者』を上回る力を持っていたっておかしくないし」

「あと余裕があるならアレの対処をお願い。パリピ気分ではしゃいでそこらじゅうに花火打ち上げているヤバいムト＝テーベ、あの楽しそうなバカを今すぐ正気に戻してちょうだい!!」

「あらあらお間抜けさん、我に返る前に動画を撮らなくて良いの？」

びくんと白くてデカい船が震えた。

目には見えない力学、アリス由来の追い風から解放されたのだろう。

一応は『兵器の影を取り込んでいる』はずなのだが、ムト＝テーベ本体は一体どこにくっついているのやら。

『んぶっ⁉　待って待って、わたし真面目にやる』

「やっと現実が見えてきた？　周りの崩れた景色を見てみる事ね、愚かな貴女が冷や汗まみれで考える渾身の言い訳が楽しみだわパリピ神ムト＝テーベ」

『でもパーティ気分で体揺らして盛り上がったらついつい街をぶっ壊しちゃった絶大パワー女

神様だなんてむしろ逆にわたしウルトラ可愛いという方向でまとめてもらおう悪気はなかったてへぺろ』

「『旧き善きマリア』、『トリビコス』使ってそこの破壊神を船ごと踏みつけてあげて。今は一月だし、川の底まで沈めてやれば頭の一つも冷えるはずよ」

冷酷に言い放つアラディアだったが、そこで船のスピーカーからひび割れた音声があった。

ムト＝テーベはこう言ったのだ。

『あとドローン空母のアンテナが何か傍受した』

「？」

『特に暗号化していないから、ほとんどラジオに近い。とにかくそこらじゅうに垂れ流しているって方が正しいかもしれないけど。わたし達が拾う事でも期待しているのかな。えーと、発信源は第一〇学区の刑務所？　内容はアリス＝プレザンス＝リデルについてだって』

7

自家生産の呪縛から解き放たれた小さな魔術師を見送って。

アンナ＝キングスフォードは一人、そっと息を吐いた。

終わりの時は迫っていた。

「さて」

（……己モ、そろそろやるべき事ノ支度ヲしなくては）

8

自覚症状なんかない。

実際には分かりやすい痛みや出血すら許されない。

じゃあこれは、追い詰められた上条自身が生み出した譫妄や幻覚なのか。

ただ、何かあった。

一歩一歩長い通路を歩くたびに、上条の体の中で何か細い束がブチブチと千切れるような音が聞こえた。骨の軋みや心臓の鼓動と同じく、体の外には決してこぼれない微細な音。

普段の何気ない『歩く』という動きだけで両足の骨にはとてつもない重さと衝撃が集中している、と何かの雑学番組で聞いた事がある。それが本当なら多分もう上条の動きに体の方が追い着いていない。そこまで彼の内部は崩れつつある。

死。

決して避けられない個人の滅亡。

これを治す方法がないかと、インデックスに尋ねるのがアリスの目的らしかった。

だけど上条自身もう分かる。

こいつは、いつもとは事情が違う。

というより、今回限りの失敗じゃない。これまで全部の無理がたたった。散々溜め込んでいた付けがついに回ってきた、といった方が正しい。どんな人間だって自分がやってきた事からは逃げられない。

終わりは近づいている。

そしてこの時になって上条当麻は改めて気づかされる。

あれだけの戦いだ。

何故違和感を覚えなかった？　これまで死なずに済んだ方がむしろ不自然な状態だったのだ。

「ふんふんっ☆」

一歩先を小さく跳ねるようにアリス＝アナザーバイブルが進んでいた。

こちらへ振り返り、スカートを危なっかしく翻して、

「ほらせんせいっ、やっと役者が揃ったんですからさあ早くですし。せんせいだって、良いか悪いか結論が出ないままだとモヤモヤするでしょう？」

「……、」

それは結果を外から眺める人間の話だ。

不可避の死を宣告されるか否かの瀬戸際にいる当事者の視点が明らかに欠けている。

やってきたのは普通の教室ではなかった。

あるのは図書室のドアだった。

本当にここにインデックスがいるとしたら、色々不向きだ。引き戸なんか強く蹴ったら壊れて開いてしまいそうだし、外に面した窓も多分普通のガラス。

だけどアリスがわざわざここを選んだ以上、おそらく中からはどうやっても開かないのだろう。たとえ一〇万三〇〇〇一冊以上の魔道書の知識を駆使しても、絶対に。

扉が開く。

外からであれば驚くほどあっさりと。

幻想殺し（イマジンブレイカー）のおかげとは思わない。これは主であるアリスが許可したからだ。

「とうま！」

懐（なつ）かしい声だった。

特にガムテープや結束バンドなどで拘束されている訳ではない。窓やドアだって補強はされていない。だけど明確に、インデックスの顔には安堵（あんど）があった。分厚い牢獄（ろうごく）の扉がやっと開いたといった、そんな顔。

そして笑顔が凍りつく。

純白のシスターはアリス＝アナザーバイブルやH・T・トリスメギストスを見て警戒したのではない。明らかに他の何かを眺めている。現実と虚構と幻覚でごちゃ混ぜになった少年の頭でも、はっきりと分かってしまう。

「うそ、何それ……」

上条当麻のせいで両目を見開いている。

すでに異質な何かを捉えている。

分かっているのかいないのか、アリスは天真爛漫に言った。

「さあせんせいっ、聞いてみようですし！」

青年執事は明らかに全部知っていて笑みを噛み殺しているようだった。

悪意的な言動だけが人を傷つけるのではない。

一般論という縛りを設けているからこそだろう。H・T・トリスメギストスは決して自分からは罵らない。沈黙を裁く罪などないと言わんばかりの顔だ。

「……やめ、る」

「ダメですし」

「無理矢理答えを出す必要なんかないッ!!」

「宙ぶらりんにしたって何かが解決する訳じゃないですし。立ち止まったところで時間の経過は悪い方向に場を傾けます。何しろ一〇万三〇〇〇一冊以上もあるので。世界中の叡智をこれだけ貯め込んでいるなら、絶対にせんせいを治す方法だってあるはずですし!!」

実際に可能かどうか。

決定的に証明されたか、ただの仮説に留まっているか。

そこをアリスは問わない。

天動説でも燃素でも、はるか昔に核戦争は起きていたでも恐竜のおならが氷河期を生み出したでも構わない。もちろん万有引力や量子論など当たり前の正解でも良い。アリスは正誤関係なく机上に一度でも登場した、つまり人類の誰かが考えてまとめた理屈があればブリッジを繋いで組み合わせられる。諸説入り乱れる、から好きなものだけ選んで繋ぎ合わせて世界を丸ごと変えてしまえる。究極の変換装置。彼女なら邪馬台国を好きな場所に置き、無限にエネルギーを生産する第一種永久機関を発明して、地球なんか球体から平べったい面に練り直せる。

つまり一〇万冊以上の中に一つでも記述があれば。

たった一文。

一行で構わない。

それがどれだけ荒唐無稽で達成困難であったとしても。

アリス＝アナザーバイブルは容易くそいつを起動して上条当麻を救ってしまう。

だが。

それでも。

インデックスは、イエスともノーとも言わなかった。

沈黙があった。

それが答えだった。言及を控えてしまった時点ですでに確定していた。
優しい権利などなかった。

宣告は終わった。

…………………………………………………………………………………………

…………………………………………………………………………………………

…………………………………………………………………………………………。

死。
他に何もなかった。
上条当麻(かみじょうとうま)は泣(な)き喚(わめ)いたり暴れたりはしなかった。
倒れる事すら忘れた。
ある種、人間らしさを放棄していた。
彼はただただ棒切れのように立ち尽くしていた。
「……人、間……」

オティヌスの小さな呟(つぶや)きだけで、少年の頭がぐわんと揺れる。

無だった。

脳裏を埋めるのは白ですらない何か。

熱を帯びた感覚。

崩れ落ちる事すら忘れて、一人の少年はただ立ち尽くしていた。

助かる方法はない。

この世界はそんな風には育っていなかった。

未熟。

人々が自由に学びあらゆる方向に技術が枝分かれしていても、そこだけ実っていなかった。

無関心だった。

彼が消え去った後も何事もなく時間は先へ進んでいくのだろう。

そして、

「壊しましょうか?」

幼い声があった。

アリス=アナザーバイブルが全くいつも通りに言ったのだ。

いいやむしろ小さな少女は乾いていた。

恐ろしく。

これは予定にない。

サプライズパーティの仕込みに失敗した、といった感じで。

「結論は出ました。せんせいを助けてくれないこんな世界、少女が全部ぶっ壊しても良いですし。少女はせんせいの話を聞きました。せんせいがいなかったら世界が今日まで続かなかったのだって知っているので。だったら、せんせいと一緒にこんな世界はなくなったって別に間違いではないのでは？」

「待って、ダメとうま!!」

インデックスが鋭く叫んだ。

アリスなら実際にそれができると、一〇万三〇〇一冊以上の叡智が訴えかけているのだろう。そして今の上条が何かしらのサインを送ったら、次の瞬間には迷わず実行されてしまうと。

いつもの少年なら絶対にありえない。

だけど全てを失う事が決まった上条当麻に、いつも通り行動しろと要求するのがそもそも間違っている。

y／n。

選択の自由、その幅が極小化されていた。

世界はこんな一つの質問であっさり終わってしまう。

「良くない事だと思いますよ……」

くつくつと、笑いを抑えもしないで肩を揺らすH・T・トリスメギストスがついに口を開いた。

「個人のわがままで世界を壊してしまうだなんて。それで命が助かるならともかく、本当に何の意味も生み出さない八つ当たりで人類全部が滅んでしまうだなんて。それは、まあ、個人の中でいかに感動的に仕上げてみせようが一般的に考えれば善き行いとは言えないでしょう」

アリスが両目を皿のように見開いて言った。

低く。

「H・T・トリスメギストス」

「このように」

青年執事は軽く両手を上げ、悪びれた様子もなく続けた。

見えざる死の銃口で眉間を不安定につつかれているような状況なのに、それでも構わず。

「一般的に言って正しい事をいくら話したところで私にはアリスを止める魔の力も術もありません。結局これはあなたとアリスの話。さあ、自らの意志で選択をしてください上条当麻。アナザーバイブルにすがってもダメです、全世界の魔道書に頼ってももはやあなたは救われない。では、死ぬ事を決定づけられたあなたは最期に何を選びます？」

肩の上のオティヌスがハッと顔を上げた。

彼女は上条当麻という少年に対し、ほとんど唯一完全勝利を遂げた存在でもある。

この終わり。

こういう行き止まりを知っている。

隻眼の軍神自身、かつて何をやっても絶対に諦めなかった少年を確定で殺すべく、意図して仕掛けた側だからこそ。

「っ？　そうか貴様ッ、おいよせ人間聞くな……ッ!!」

「ええ。アリスに泣きついて世界を道連れにするのも一つ。いえいえ、あなたが何も言わなくたって、黙っていても気を利かせたアリスが勝手に始めてしまうかもしれませんね。ですが一般的に申し上げて、アリスのモチベーションはあなたに喜んでもらう事『だけ』です。つまり。あるいはアリスが暴走して世界を壊してしまう前に、あなたが自分から命を絶って彼女のモチベーションを打ち消すという方法もあるのでは？　どうせじきに死ぬ命なのだから、多くの人のために少しだけタイミングを早めてみても」

包囲の輪が閉じる一瞬前だった。

外から引き戸が蹴破られた。

あっけなかった。

「愚鈍」

しれっとしているから分かりにくいだけだ。

本来なら今のは不可避の致命傷だった。上条の道はここで途切れていた。

でもそうなっていない。

それを許さない者がいたから。

いかに個人に特化した攻撃を組み上げようが、そもそも一人で戦う必要なんかない。いきなり踏み込んできた小さなアンナ＝シュプレンゲルは、すでに誰にもできない偉業を成し遂げていた。

おそらく世界で唯一、アリス由来の歪みが全く通じていない。跳ね除けている。

そして悪女は容赦なく人の内側へ土足で踏み込む。

止められる者などいない。

「ふむ。結局中心部まで辿り着けたのはわらわだけか。今頃どこかで永劫戦闘やらかして削られまくっているアラディアやボロニイサキュバス達には申し訳ない事をしたわね。こちらから発破をかけて案内しておいて尖ったゲストの皆々様を蚊帳の外に追いやるだなんて、あらあら、それって冷静に考えたらものすごく無様で面白いわ……」

「あなたは……」

「いい加減に気づきなさいな湿気った粗〇ン。アリスの力を直接注入した『矮小液体』を調達してもわらわを殺せなかった時点で、陰キャの勝手な画などとっくに崩れている事に」

くすくすと笑うアンナに、感心よりもむしろ呆れが強い視線を投げたのはオティヌスだった。

「なるほどな。あそこでこのクソ悪女をきちんと殺していれば、何もアリスが出し抜かれるだなんてこんなふざけた展開には繋がらなかった訳だ」

「あの時点で……世界のレールは切り替わっていた、っていうの？」

「そうよ神の出涸らしと哀れな穀潰し」

オティヌスとインデックスへ視線を投げ、アンナは嘲るように言う。

そのまま小さな両手を広げて、

「愚鈍が変えた。アリスなんていう反則技の力を借りずとも、ただ自分の行いによって多くの人の心を動かして。この奇跡はわらわが自分で成し遂げたものではないわ、恩恵とは努力して実現した者こそが第一に享受すべきだとは思わない？」

そう。

アンナは誰にも招待されていない。つまりアリスの許可を取っていない。言い換えればアリス＝アナザーバイブルが振り撒く歪みを恐れず、真っ向から弾き、自分の行動をひたすら押し通している。

極大のカリスマを前にして、なお呑まれずに。

世界最大の魔術結社『黄金』創設の根幹に位置する謎の女性、というブランド。

同等の伝説として悪女はここに君臨する。

「まったく。相変わらずアリス絡みになるとあっさり振り回されているようね愚鈍。幼き子の曇りなき瞳は大人が忘れてしまった世界の真実を映し出すとか、そういう科学的根拠ゼロのお美しくて変態的なジンクスを真面目に信じているクチ？　そこはむしろ、所詮は小さな子供の言う事って受け流し方を覚えるべきだと思うわ」

「……アンナ……？」

「愚鈍は死ぬかもしれない」

っ、と上条の呼吸が詰まる。

目には見えない分厚い壁が、改めて当たり前の景色に侵蝕してくる。

死。

終わり。

一秒一秒迫り来るのに痛みすらない状況。まるで液晶画面を省いた悪趣味極まる時限爆弾。

怖いと思ってしまう事の、何が悪い？

だけどアンナ＝シュプレンゲルの言葉はそこで止まらなかった。

「『かもしれない』のよ。つまりまだ何も決まってはいない、それをアリスはあの手この手で一〇〇・〇％の確定にすり替えようとしている。何故？」

気づいたのはオティヌスだった。

逆に、今の今まで不自然に遮断されていた思考が解放されたかのように。

「そうか……。そうならない方が誰にとっても喜ばしいはずなんだ。なのに、上条当麻は絶対死ぬと煽って喜んでいるヤツがいる」

「話は簡単だわ。とある怪物が警戒心を解いて受け入れられるにはどうすれば良いか。もっと大きな別の危機を見せれば悪印象が薄れるでしょう？　ＣＲＣやアリスという多大な脅威を前にして、このわらわが何となく無害な仲間っぽく見えているのと同じように。でも、現状アナザーバイブル以上の脅威はもう見つからない。だからもっとストレートに、どこかの誰かさんは愚鈍の『死』そのものを提案した」

「待て」

「すでに分かっているはずだわ。アリス＝アナザーバイブルは上条当麻のためにしか積極的に動かない。絵本でも読み聞かせるように、わらわがそういう風に愚鈍が歩んできた道のりを刷り込んだんだからある意味では当然よね」

騙される方が悪い、ではない。

悪女の仕掛けにかかる人間にはただ隙があるというだけ。

脆弱性と言い換えても良い。

悪女は無から有など創れない。最初から存在する小さな穴をこじ開けて意のままに操る。

理屈を持ち、蔑まれる奇跡の実行者。

「あなたの中心にはいつでも『孤独』があった。ええ、わらわは騙した張本人だもの。出自はどうあれ今いるアリス＝アナザーバイブルの心についてはあなた以上に熟知しているわ」

だから?

いや、それが何に繋がるというのだ。

今何を想像した?

上条の全身から嫌な汗がぶわりと浮かび上がった。

束の間、現実的な死の恐怖すら少年の意識からすっぽ抜けた。

「ちょっと待て!! なんかおかしい。アリスに悪意なんかないよ、良くも悪くも目の前にいるそのまんまなんだ。これが最初の前提だろ? この子に人を陥れたり大仰な計画を練ったり、そういう頭を使った作業は無理だ!!」

「ええ」

頷いたのはH・T・トリスメギストスだった。

「それをやるにはストレートにアリスの力が強過ぎる。一般的に考えて、素手で殴っただけで簡単に恐竜を殺せる個人に鉄砲を発明しようなんて発想自体が思いつかないものでしょう?」

「黙れジメジメ湿気執事。それから愚鈍、そもそもあなたは誰を助けに来たの?」

呆れたようにアンナが言った。

最初の前提。

自分の口で言っておきながら、何故その一点を忘れているのかと。

「それは、愚鈍の命のありなしとは別の次元に存在する問題ではなかったのかしら」

「……、」

インデックスを救出し、アリス＝アナザーバイブルも助けたい。

そのために上条はアリス自身と戦うと決めた。それが最初の目的だったはずだ。

なのに。

何で今さら上条の側がアリスに救いを求める？

アリスはいつも通りだった。こうして現実にピンピンしているではないか。頭を潰されたってローゼンクロイツに殺されたってものともしないで、そのままに。

だったら喜べば良い。

泣いて笑ってアリスを抱き締めれば済む話だ。

どうしてここで上条当麻が追い詰められ、行き止まりで崩れ落ちる必要がある。

い、い、どこで目的がすり替えられた？

切り替えの起点は一体誰だった？

いや。

……でも……。

まさか、いいや、そんなまさか。

「愚鈍。確かにアリスには長期的に作戦を立てて人を騙すほどの計画性はないわ。そもそもご馳走を前にして、『お座り』も『待て』も続かない。アリスはただ自分が正しいと思っている事を素直に言っているだけかもしれないわね」

微妙に回りくどい言い回しだった。

そうしなければならない理由があると言わんばかりに。

オティヌスは鼻から息を吐いて、

「まったく、答えを出すのが仕事の魔道書図書館にしては珍しいと思ったんだ。『宣告時』はだから黙っていたのか。イエスともノーとも安易に断定してはならない状況だったから」

悪女の対極。

白い修道女もまた静かな声でこう言った。

「……だけど、正しい正しくないを判断しているアリスの頭自体が壊れていたら、やっぱり正しい事をしているとは限らないかも。とうま、彼女の口から出る『大丈夫』は言うほどの信憑性なんか備わっていないんだよ」

全員の視線が集中した。

状況を利用していたはずの、H・T・トリスメギストスまで。

みしり、という音があった。

俯いた少女の内部から、分厚い革が軋むような音がみしぎしと続く。

「世界を思うままには変えられず、大仰な『救済条件』を定めても自分ルールすら守れずにくすぶっていた魔術師ども」

アンナ＝シュプレンゲルは口を開く。

歌うようだった。

「まだ神を着る事もできなかった人並みの群れがアリス＝アナザーバイブルという人造の奇跡を見つけたのは、おそらく本当にたまたまだったのでしょうね。でも彼らは気づいた」

「……、」

「現実の少女を童話のアリスに作り替え、童話の少女アリスを現実の世界で完成させた、虚実入り乱れるその『図面』を部分的にでも抽出して自分自身に適用する。あらかじめ存在するオープンソースの細部を個人の好みに合わせて自分カスタムしていけば、己を捨てる代わりにあらゆる神や悪魔を自在に着こなす神装術が規格外の精度で完成する、と」

実際にそうやって『超絶者（ちょうぜつしゃ）』は、成り切った。

自分自身という一個の存在すら魔術の素材として消費する事で。

『橋架結社（はしかけけっしゃ）』にとってアナザーバイブルは貴重極まりない異形のテキストであり、しかし、どこまでいってもアリスは信仰対象でしかなかった。だから畏怖し、尊敬の念を抱き、外部の第三者から不用意に触れられる事を極端に嫌っていた。

独りぼっちの少女は、本当は何を望んでいたのだろう。

あるいは具体的に誰を。

「なるほど」

肩のオティヌスが小さく呟いた。

半ば呆れたように。

「……うってつけだな。道理で小さな怪物がこの人間に固執する訳だ」

「アリス＝プレザンス＝リデル。全ての原型だった『地下のアリス』の聞き手にして、明確な主人公のモデルとなった少女。そしてのちの時代にクロウリーの師とやらに連れ去られ、アリスという少女を物語の通りに完成させるべく徹底的に改造を施された素体の名前」

見た目の年齢など何のあてにもならない事は、小さなアンナ自身が証明している。

たとえさらわれたその時にはすでに大人の体として完成していたとしても、その魔術師は構わず形を整えただろう。メスやノコギリを使って、極めて物理的に。骨を切って皮膚を張り合わせて内臓の配置を詰め替えてでも、想定される幻想の少女と全く同じ背丈と愛らしさになるまで作業と調整をひたすら繰り返した。

決して、楽しいだけではないはずだ。

だけど結局、上条には顔も知らない魔術師から解放されて『橋架結社』の中心に立ってからも、アリスは童話そのものの天真爛漫にしか生きられなかった。すでに自由を得て、誰よりも君臨しているのに。彼女自身が、他人の趣味で埋め尽くされた生き方しかできないと諦めた。

そして本当にアリスは天真爛漫な女の子になった。

多分もう屈辱や諦念に気づいてすらいない。

アンナ＝シュプレンゲルはそっと息を吐いて、人間の醜さを抉り出す。

上条では無理だ。

それは、世界的な悪女だからこそ極める事の許された領域。

彼女は全てを背負って憎まれ役となり、必要な真実を暴く。


「論理を重んじる親には子に語って聞かせるだけの夢はなく」


「のちに世界最大の幻想を創るに至った数学講師ルイス＝キャロルは記号や意味を並べて特別な子を見出し、彼女をモデルにした全ての原型『地下のアリス』を語って聞かせ」

「自称クロウリーの師は添削前のオリジナルを知る唯一無二の『素体』としてのみあなたに価値を見出し、骨格から五臓六腑まで一つ一つを最適な色と形と大きさに組み替えて改造し」

「現代になって世界の裏側を徘徊する少女を『再発見』した『橋架結社』もまた、あなたを絶大な力を持ったオープンソースとして、ほとんど信仰に近い畏怖と敬意を捧げるだけだった」

だから、少女は餓えていた。

渇望していた。

意識的か、無意識的か、そんな話はどうでも良い。

アリスの周りには常に多くの人がいて、でも誰も彼女を見ていなかった。

名前が独り歩きしていた。

一人だけそうではなかった。

『超絶者』という力を求めようとせず、アリス本人のもたらす最強モードの『しあわせ』すら跳ね除けて。たとえ何度殺されても己の拳だけで立ち向かった少年。

ここが始まり。

まるで絵本に憧れるように、とある少女はこれが最後のチャンスだと考えた。

何としても手に入れる、と。

「とうま、下がって」

「あ」

「下がって早く‼」

恐る恐る、だ。

上条は渇き切った口を震わせて声を出す。

何をそんなに恐れているのだろう。そんな自問自答を頭に浮かべながら。

「……アリ、ス……？」

「はいですし」

少女は顔を上げた。

いいや首から上は存在しなかった。

9

ようやく追い着いた。

アラディアは夜の高校の校門を越えて、一歩敷地に踏み込んだ。

そのはずだった。

「チッ‼」

とっさに黄色と黒の踏切遮断機を振るうが、鈍い音があった。いきなり中ほどからへし折れたのだ。夜と月を支配する魔女達の女神。その力であっても逆に押し切られる。

血を失ってふらつく『旧き善きマリア』が、口の中で小さく呟いていた。

「ウサギだけど時計は持っていませんね。あの調子だと、お茶会の方に出てくる三月ウサギですか」

「アリスシリーズ⁉」

フラミンゴのバット、ハリネズミ。

グリフォン、処刑人、料理番。

まだ魔術師が理屈でツール化する前の、剥き出しで人の手には負えないアリスの玩具。

どうやら二つの軍勢は勝手に戦っているみたいだが、かといって敵の敵は味方とはならないらしい。フラミンゴのバットやハリネズミといった面々も、ふとした拍子にこちらへ襲いかかってくるので全く信用できない。

今のは三月ウサギという話だったが、あれはどっちの陣営なのだ。

というか何でアリス由来の化け物どもが真っ二つに分かれて戦っている⁉

「具体的にどうするたい？」

「っ、『旧き善きマリア』を後ろに下げて。彼女の『復活』に頼り過ぎるつもりはないけれど、これ以上ヤバい連中ぶつけて無駄に消耗させる事はないってば‼」

学校とはいえ結構広い。

あの少年はどこにいるだろうか。

そもそもレギュラーとはいえ、『超絶者』が三人も四人も集まっているのに一つの陣地を越えられないというのがもうおかしい。

彼女達は一人一人が単騎で魔術サイド全体と正面衝突できるほどの、異形の術式の使い手であるはずなのに。

グリフォンに、処刑人に、二足歩行のウサギに、アイロンや鍋を投げつける料理番。

不思議の国由来の、アリスの玩具ども。

玩具とはいえ、そもそもアリス＝アナザーバイブルの力を部分的に直接注入された存在だ。

『矮小液体』の例を出すまでもなく、その力が真っ当な域に収まるはずもない。

結局、『橋架結社』はアリスのための組織ではなかった。

それは力に脅えるレギュラーな『超絶者』達が、絶大な力を求めつつもそうした力に恐怖を覚え、何とかして人の手で管理しようと足掻いた結果でしかない。

アリスはアリス一人で大量の軍勢に勝る。

アラディア、ボロニイサキュバス、『旧き善きマリア』、ムト＝テーベ。

多くの『超絶者』が集まったところで、アリス＝アナザーバイブルにとっては何も問題にならない。おそらく『超絶者』と戦うという気持ちすら特に固めていない。侵入者そっちのけで玩具と玩具が戦い続けているのがその証だ。

「そういえばアンナのヤツはどこ行ったの⁉」

「……あいつあの匕■■本気でママ様達を面倒極まりない総力戦のオトリ役としてしれっと置いていった訳ですかそうですか……」

言葉が途切れた。

猛烈な圧がまずあって、後から遅れて大地が強く震動した。

猫のダイナだった。

白と黒の毛並み。体育館より大きくなったもふもふの丸っこいケダモノが一歩踏み出すだけで、空間全体が震動した。フラミンゴのバットやハリネズミが慌てたように地上をウロチョロと逃げ回り、回避の遅れたグリフォンがその前脚でまともに踏み潰される。

アリス側についていようがお構いなし。

踏み潰した張本人のダイナは、そもそも自分のやらかしに気づいてすらいない。

『不思議の国のアリス』における最大戦力。

散々アリスを翻弄した登場人物のネズミや小鳥達が、実際に対峙せずともその名を聞いただけで一斉に逃げていくほどの超高火力の持ち主。

もし『そのもの』だとしたら、その破壊はアリス＝アナザーバイブル個人の思惑すら超えてしまう恐れがある。

つまりは上条やアリスのいる校舎をまとめて潰してしまう危険だって。

実際にそうなった。

校舎を背にしたアラディアが一瞬硬直し、コウモリみたいな翼を羽ばたかせるボロニイサキュバスが横から体当たりするようにしていっしょくたに地面を転がった。地下鉄みたいな暴風の擦過。あんなもの人間サイズの存在が真正面から挑んで良い相手ではない。助かったと喜んでもいられなかった。揉みくちゃになったままアラディアが天高く吼える。

アリス＝アナザーバイブルの玩具の中でも秘蔵も秘蔵。

最凶のダイナ。

学校の体育館に匹敵する巨体と真っ向勝負できる『超絶者』と言えば、

「ムト＝テーベとにかくそこのそいつ早く止めてってば!!」

『このわたしが本気出すにはまだ早い、あちこちで影吸ってあれとぶつかっても大丈夫な安全ボディを組み上げているから一五分待って』

アラディアが本気で目を剝いた。

全く役に立たない。

ダイナが正面から校舎に突っ込む。

その時だった。


ゴッッッ!!!!!!　と。


凄まじい音があった。

猫のダイナが吹っ飛んで転がり、土の校庭を大きく抉り飛ばして大量の土砂を巻き上げる。

意味不明だった。分厚い結界が広がった訳でもなければ鋼の軍艦が突き出した訳でもない。

ただの人影だった。

体育館を見下ろすほどに肥大化したダイナと比べれば、あまりにもちっぽけな存在。

にも拘らず、最高速度で衝突したダイナの方こそが弾き飛ばされて後ろに転倒していた。

「な、ん……」

アラディアが絶句する。

相手は『超絶者』ではない。

「まったく」

砂煙の中に声があった。

アラディア達の知らない声だった。それでいて、『超絶者』であっても決して蔑ろにする事が許されない、強制力を秘めた女性の声。

「思ったよりも破綻しており〼わね、アリス＝アナザーバイブル。ここにいるのも全てアリスノ本音、一つニまとめられ×様々ナ意見ノ群れノ筈。激情ノあまり自分ノ佇む城ヲ、彼もろともニ潰しかね×真似ヲするとは」

アンナ＝キングスフォード。

何者の外見も機能も借りる事なく、ただ己の足で立つ魔術師がそこにいた。

一瞬遅れて天高く舞い上げられた大量の土砂が重力に引かれて再び落下してきた。

それは乾いた雨。

キングスフォードが気軽に人差し指を天に向けると、見えざる何かが大きな傘となる。彼女だけは砂の一粒すら髪や衣服へ絡む事を許さない。

砂ぼこりのヴェールを何かが鋭く切り裂いた。

二つの陣営から同時に来た。

キングスフォードは指を一本伸ばし、虚空でいくつかの模様を描く。

それは星座だった。

巨蟹宮、天蠍宮、そして双魚宮。

スパンッッッ!!!!!!と。鋭い音が後から遅れて響いた。

圧縮された水の散弾でまず料理番をクッキー生地を型で抜くように抉り取り、蒼く輝く指先をすいっと向けただけでフラミンゴのバットは虚空で身震いしていた。無機物のくせに明らかに二回りは縮んでいる。

占星術の基本はホロスコープ内で七つの惑星や一二の星座に火、水、風、土、様々な属性や象徴を割り振り、それらの角度や重なり方から自分や他人にどのような影響が出るか効果を探るというものだ。やや裏技的に扱えばこういう攻撃的な術式も組み上げられる。

つまり水属性の星座だけを集中的に重ね合わせ、どこにでも当たり前に存在する水の力を大きく増幅させたのだ。

単純な足し算ではなく倍がけの比率操作で、まるで車のギアでも変えるように。

達人は大仰な必殺技などいちいち編み出さない。

誰でもできる、ともすれば新参者の弟子なら侮(あなど)るような基本の基本と真摯に向き合って完全習得した結果、ありとあらゆる魔術が一撃必殺の域にまで届いてしまったというだけの話。

こんなのは枝葉。

そもそも猫のダイナはあの程度では死なない。

「あなたノ大切ナものハあなたノ手では壊させ⧄×(ません)よ、アリスとやら。其(それ)ハあまりニ哀(かな)し過(す)ぎる。この達人ガ保証し⧄(ます)。特別デ○(あ)る事ハ、別ニ幸福ノ配給ヲ遮断されるような理由にはなら×(ない)のだと」

その時だった。

「……？」

アンナ＝キングスフォードは自分の右手に目をやった。

赤い液体が滴(したた)っていた。

指先にわずかな切り傷程度のものだったが、問題なのは出血量ではない。

そもそも傷を受けるような状況ではなかった。

達人は基本的に間違えない。

にも拘らず不測の事態が生じたとしたら、計算式ではなく前提情報の方にズレがある。

つまりは、

「……この体モそろそろ限界、ですか」

指先を口に含み、それから小さく呟いた。

その声自体、渋谷のミヤシタアークで初めて起動した時と比べても『崩れ』が多い。体の表面の話だけではない。目には見えない所まで損傷や劣化が進んでいる証だ。

それでいてアンナ＝キングスフォードは微塵も脅えを出さずに前を見据える。

むしろこちらから一歩踏み込んだ。

体育館を圧潰するほどに膨れ上がった猫が再び身を起こす。

レギュラーな『超絶者』とやらに任せて先へ進む訳にもいかないだろう。キングスフォードはそもそも人間を選んで救済するほど器用にはできていない。

『矮小液体』とは違い扱いやすくツール化を施される前の、剝き出しのアリスの玩具。中でも最高峰。他の多くの玩具を平気な顔で踏み潰すほどの暴力と破滅の塊。

ダイナ。

正面から対峙する達人は、大きな帽子の鍔を軽く指先で摘んだ。

まあこの体では最後まで保たないだろう。

そもそも永久遺体が自由に動く状態の方が不自然だった。

（……×其モまた◎しトし〼か）

よって現実的な目標は、猫のダイナに大きな傷をつけて『超絶者』のみでも倒せるよう明確な突破口、弱点を付与する事。

己が破滅の時は近いと分かっていても、達人はそれでもなお呟く。

変わらず笑顔で。

「周囲へ奉仕ヲするためニ」

10

首のない少女。

小さな亡骸。

しかしそれでいて、彼女は今も二本の足で立ってこちらを見ている。

明確に上条は視線の圧力を感じる。

図書室全体の空気が変じる。悪い知らせを招く方向へと急速に傾いていく。

「ッ⁉」

ざざっ‼　と上条は思わず後ろに下がって距離を取る。

本来であれば必要のないはずの、悪意の表出。

つまりは作為の証明。

やはりだ。

どう考えたって、やはり、問題の中心点はすぐそこにあった。

初めから。

いつか必ずやってくる死の恐怖すら押しのけて、ただ上条は叫ぶ。

「アリス‼」

バリィ‼　と厚紙を裂くような音があった。

ような、ではない。本当に首のない少女が縦に引き裂かれた。そして内側から、半透明の体液でぬめった別の何かがのそりと現れた。

前にもこんなのを見た。

だけどそこにいたのは冒瀆的な赤と黒の革衣装に全身を包んだ小さな少女ではなかった。

どう考えても、あの小柄な体にこれは収まらないだろう。

そんな疑問は受けつけていなかった。

元々で言えば千切れた首の辺り。縦一直線の断面から真上に飛び出した腕一本が、すでに艶めかしい美女のものだった。そのまま前にべちゃりと崩れて犬のように這う。透明な粘液が糸を引いて床を汚していた。ふわふわした真っ赤なボアが妖しく揺れる。革は眩く濡れた体を必要以上にぎちぎちと締め上げて、液体まみれの長い金髪は塊となって地面にのたくっていた。

一瞬にして一八歳くらいの美女となったそれは、這ったままぶるんと首を下から上に大きく振る。顔を覆っていた金色の長い濡れ髪が一気に後ろへ流れていく。美しい顔が露わになる。

「とうま‼」

アリス＝アナザーバイブル。

あるいはアリス＝プレザンス＝リデル。

その本性。

「……自分自身を材料にして、ゼロから理想の己を創り直したか」

肩のオティヌスが忌まわしげに呟いていた。

妖艶な喉を動かして放たれる唸りに、獣のように床を引っ掻く一〇本の指先、その禍々しくも鋭く完成された爪。理性や知性、そして何より天真爛漫な愛くるしさから最も離れた存在。

暴力。

戦闘。

殺害。

そういう塊。それしかない誰か。

殺しを極め過ぎた結果、奇妙な美しさを得るに至った刀剣にも似た輝き。

死の恐怖。

目には見えない分厚い壁さえも、消える。

上条の頭の後ろが痺れていた。鋭利を極めた爪、唇から覗く大きな犬歯、恐るべき眼光。注目すべき箇所なんていくらでもありそうなものなのに、殺傷力なんて欠片も読み取れなかった。

いいやきっと、これはアリスが何かしている訳ではない。上条側で自覚的に麻痺させている。相手の脅威を正しく知ってしまったらその時点で心臓が止まる。少年の頭よりも先に心臓の方が白旗を揚げているのだ。

のそりと獣が体を上げた。

完成された肢体。妖しい美女は思い出したように膝を伸ばしてすらりと立ち上がっていく。戦闘態勢が整っていく。

『せんせい……』

たったの一言で、歪む。

アリスが、ではない。本棚、閲覧机、床や壁、つまりは上条の視界の全部。景色の中にあるあらゆる輪郭がグーで握って描いたラクガキのように白や黒の線に乱れていく。

『少女は、望み。ゴール。ただ一つ。絶対に、これは、これだけは、絶対に……』

面白半分に殺すと言われればまだ納得できた。

あるいは本気で恨んでいると言われても良い。

意味不明なロジックを展開して世界を滅ぼすと言われても、あそこまでかけ離れた相手ならまあそんなものかと思ったかもしれない。

だけど。

『少女は、せんせいと、仲直りするんですし』

時間が。

上条当麻の中で、確実に時間が止まった。

それか。

本当の本当に、それしかないのか。

第一二学区の『橋架結社』領事館。上条の命を狙うH・T・トリスメギストスや少年を防衛しきれなかった『旧き善きマリア』に制裁を加えようとしたアリスと物別れに終わった、あの事象。

CRCに殺されて、失われた首を取り戻して。

世界を歪め、明日にも滅ぼそうというのに。

それでもずっと変わらなかった。

彼女はただすでになくした絆を繋ぎ合わせようとしていただけだった。

卑怯だと言われても。

どんな方法を使っても。

小さな少女が気にする話じゃない、上条の方こそ頭を下げるべきだった。こっちは自分の命の話で動転していてすっかり忘れていたというのに。

それなのに。

どれだけその手を汚してでも、彼女は一人で成し遂げようとした。

もう一度、二人で笑うために。

『だから』

一転だった。

ぐにゃりと言動が歪む。

アリスの中でだけは違和感なく流れていく。

『せんせいと仲直りするせんせいと戦いますので殴り合えば仲直りできる思い切りじゃないとダメですしそのためにせんせいは何をしたら少女と戦ってくれる少女は全力出す街は国は世界はどうなるかは後回しにしましょう全力とにかく少女はせんせいの事を知っていますから大丈夫必ずせんせいは少女と戦ってくれる仲直り』

それはひどく伸びていて、全く感情の伝わらない平坦な声色だった。まるで録音媒体そのものを下からライターの火で炙ったように、あまりの激情が全てを壊していた。

実際に、アリスならそれができてしまうだろう。

結果何が起きる？

こんな事で世界は終わるのか。

もう、アリスは前後の情報を正しく繋げる事もできなくなっているのかもしれない。

上条が徹底的に壊した。

一人の少女の心を、徹底的に。

正しいか間違っているか、好きか嫌いかなんて些末な話は、もうここまできたら敵味方の線引きとして機能しない。あらかじめ必ずメスがオスを機械的に食べるようプログラムされているカマキリ、とは違う。オスの求愛行動中でも理由もなく気紛れにメスが飛びかかって食い殺してしまう蜘蛛が近いかもしれない。同じ種でも、一対一で向かい合っても、あなたが好きだと言われても、受け入れても、それでもふとした瞬間に容赦なく喰らう。気がつけばそうなっていて、後から自分の行為を知る。そんな、一秒先の未来すら見えない誰か。

近くて遠い存在。

異性。

筋肉を伸ばし、神経を敷設し、骨格を固めて、美しく完成された捕食者。

もう、怖いとは思わなかった。

上条の胸にあったのは、哀しいというのが正解だ。

「下がりなさい、愚鈍」

冷たく言ったのはアンナ＝シュプレンゲルだった。

悪女にしては珍しい視線だった。

イレギュラーな『超絶者』。万人に絶大な力を与えるオープンソースという同質の存在でありながら、決して自分と同じ側には立てないアリスを憐れむような。

「……自分でも分かっているでしょう。アレは不安定な獣と一緒よ。アリスにその気がなくても今近づけば挽き肉にされるわ。最悪、愚鈍という人間が生きたまま手に入らないなら生首だけ千切り取って持って帰るくらいは言いかねない状態だし」

上条は首を横に振った。

アリスと戦う。

倒す。

「できないよ」

脅威の大きさではない、どうしてもイメージできない、それは絶対に間違っている。そう言える自分を今は信じたい。

巨大な竜を思い出せ。

ＣＲＣを殴り飛ばし、彼の可能性を諦めた。自分に返ってくるあの気味の悪い感触を。

笑って肩を並べる未来は永遠に失われた。上条が自分でそうやった。

死の予言を受けて脅える上条だからこそ、むしろ強く思う。

今度はアレをアリスにぶつけるというのか。

ふざけるな。

「だって、そんな方法じゃアリスを助けられない。何かもっと他に方法はないのかよ⁉」

ここには一〇万三〇〇一冊以上の魔道書を頭に収めたインデックスがいる。一度は『魔神』となったオティヌスがいる。そして『薔薇十字』と『橋架結社』の事情に精通したアンナ＝シュプレンゲルも。

彼女達の叡智を結集させればまだ助けられるかもしれない。

しかし、

「助ける、の定義にもよるな。おい人間、あの巨大に膨れ上がったアリスの頭を摑んで元の小さな体に押し込むのが本当に救いなのか？　脱ぎ散らかされた皮の中へ」

言ったのはオティヌスだった。

彼女もまた一度は世界を壊し、大罪人として全人類から追われた神だ。

そんな『魔神』が、同じく世界を終わらせる資格持ちの怪物を見据えて言ったのだ。

現実から目を逸らさず、はっきりと。

人類を救うとか世界を守るとか、そういう大仰な話じゃない。

もっと個人的な奇跡。

でも確かに偽りなく命を懸けて独りぼっちの神を救ってみせた少年に。

「ここにいるのはお前だ、人間。だから自分で選べ。純真無垢でも天真爛漫でもない。世界が今目の前にいる本当のアリスを受け入れる事ができれば、それだって一つの救いにはなるだろうさ」

「何だ」

いっそ呆れたように上条は言った。

アリスが正気に戻れば良い。

頭に浮かべ、現実の実行難易度については脇に置いたのだ。

「俺が命を懸ければ道は開けるのか」

そいつは何より。

瞬間だった。

爆音が炸裂した。

上条の眼前で何かがねじれて飛び散り、遅れてそれが薔薇の造花だと分かる。

さもなくば首から上が飛んでいた、とも。

アリスが仕掛けてきた。

理由は知らない。

もはやアリス＝アナザーバイブルすら分かっていないかもしれない。

妖艶。

美しき怪物。

やはり彼女は悪人ではない。

確信を持て。

目に見える殺傷力とアリス本人の善悪はまた別の話だ。あれは正しいか間違っているか、好きか嫌いかに関係なく牙を剝くモノ。そういう機能。もうそれしかできなくなってしまった、不安定化した力の塊。

だから怯むな。

アリスをバケモノにするな。そんな結論を絶対に認めるな。

「愚鈍、薔薇は変化の象徴よ。ヘブル二二字を規則的に配置しあらゆる印形を生み出す『黄金』の胸飾りしかり、『不思議の国のアリス』においてペンキで塗り分けられた白と赤の薔薇しかりね。強、引、に、解、釈、を、曲、げ、て、ブ、リ、ッ、ジ、を、繫、げ、ば、一発くらいは攻撃を逸らせる」

正面を睨んで言うアンナ＝シュプレンゲルの頰に一筋、赤い傷が走っていた。

これは悪女の誤魔化し。

何度もは期待できない。

むしろぶっつけ本番できちんと機能しただけで十分に感謝すべきだ。

そして弾き飛ばして防いだのは良いが、肝心のアリスが今何をやったかは攻撃を受けても全く理解できなかった。

ケダモノが天高く吼えた。

『おおおおおアアアアアアあああ!!!!!!』

それは魔術だったんだろうか？

終末の咆哮。

知性や理性とは全く別の軸にある強大なエネルギーが渦を巻いた。咆哮はあちこちの壁や床を跳ね、そして空間の一点へと不自然なくらい集約された。

アンナは小さな手を左から右へ払った。

それだけで分厚い衝撃波は弓なりにたわんで傍らの本棚をまとめて何個か薙ぎ倒した。

むしろワンテンポ止まったのはアリス側だった。

右手の五指は揃えて突き刺す構えのまま。本来だったら上条なんか頭を飛ばされ、倒れる事も忘れた棒立ちの死体の心臓を念入りに貫かれていたかもしれない。

ぱんっ!! と。

世界一往復ビンタの似合う小さなアンナは、下からすくうような一撃をさらに払いのける。

初めてかもしれない。

弾くのでも逸らすのでもない。アリス=アナザーバイブルの攻撃を真っ向から受け止め、そのまま拮抗する瞬間。

『っ』

「一体何を驚いているのかしら……」

にたりと笑って小さな悪女が至近距離でアリスと睨み合う。アンナ=シュプレンゲルは決してその眼光から逃げずに受け止める。

アリスに由来しない『超絶者』。

もう一人のイレギュラーな『超絶者』。

「アリスは特別? 魔術の世界に自分だけの特権なんかない。こっちだってキングスフォードという衣を着こなした魔術師よ。教えを守らず自滅的に魔術を実践していく愚かな弟子達の連鎖を止めるために。愛すべきお馬鹿さん達を守るために血まみれの手でゼロから積み上げてきたわらわの秘奥が、ただ与えられただけで使い方にも迷うあなたの秘奥に劣るとでも!!!???」

アリスの五指がまとめて弾かれた。

ぐるんと回って中途半端な位置にあった腕の動きが流線形にブレる。構わず別の標的へと襲いかかる。まずインデックスが狙われ、それを横から上条が突き飛ばした。

鋼を引き裂く五指が迫る。

閃光が十字に交差した。

上条の首を狙って水平に放たれた五指の爪をギリギリのところで食い止めたのは、あまりにも薄い白刃だった。

Ｈ・Ｔ・トリスメギストス。

いいや、

「我が右手にはゼウスを、我が左手にはインドラを。もって我が身は一新する。Ｚ・Ｉ・トリスメギストス、変節完了‼」

バヂィ‼‼‼　と鍔迫り合いの刀と五指の接点で凄まじい白が炸裂した。

おそらくは高圧電流。

親指より分厚い鉄板を焼き切るほどの電気的エネルギー。

もちろんそんなものでアリスが倒れるとは思えない。だが一瞬の目眩ましであっても大きな意味がある。

実際、上条には後ろに下がる余裕が生まれた。

「何だっ⁉　結局どっちにつくんだお前‼」

肩のオティヌスが喚く。

「一般的に考えて……」

青年執事は俯(うつむ)いていた。

刃を仕込んだ杖(つえ)が軋(きし)むほどの勢いで強く握り締めていた。

「一般的に考えて、クリスチャン＝ローゼンクロイツが今ここで助けに来てくれるとは思えません。いいえ、彼に限った話ではない。いもしない人間には結局何もできないのです。期待をしたのが間違っていた。どれだけ複雑で難解だったとしても、そもそもこの世界の問題はこの世界の人間が解決するべきだった」

軛(くびき)から解き放たれる瞬間だった。

H・T・トリスメギストスは確かに自分の口でこう言ったのだ。

「ここにいる者だけが結末を決められる。ならば手の中にある資格を一度も使わずに終わるのはあまりにも馬鹿げているでしょう、一般的に考えて!!」

アリス＝アナザーバイブルには強大な『力』があった。

だから彼女の周りにはたくさんの人が集まった。だけど特別な存在になりたくてアリスを利用しようとした『超絶者(ちょうぜつしゃ)』は、アリスにとっては色褪(いろあ)せた群れでしかなかったかもしれない。

だけどそれだけじゃない。

絶対に違う。

誰かに無理強いされて渡された『力』とは別に、もっと違う部分で、やはりアリスは少なくない人を引き寄せていた。誰が何と言おうが、アリス＝アナザーバイブルを創った魔術師がどんな恨み言を吐いたって、あるいはアリス自身がどう思っていたって、やはりアリスは孤独ではなかった。彼女は愛されていた。

だって、そうでなければ。

上条当麻(かみじょうとうま)にアンナ＝シュプレンゲルにH・T・トリスメギストス。立ち位置も思惑も全然違っていたはずの人々がこうして一ヶ所に集(つど)う事もなかったはずだ。

アリスを助ける。

そのために同じ向きを見る事だってなかったはずだ。

「……なあアリス」

言葉はなかった。ただ、上条当麻(かみじょうとうま)は自然と笑っていた。

きっと。

アリスはそもそも大人を勘違いしている。

大人は困った事があれば普通に相談する。情けなくすがりついて他人をあてにする。ただそれを、小さな子供の前では必死に隠しているだけなのだ。

全て一人で抱え込んで。

特別な己の力があれば何でも解決できるだなんて、逆に子供の考えだ。

だから、教える。

世界最大の幻想へ。

たかが醜態をさらした程度でお前の世界は壊れない、と。

アリス＝アナザーバイブルを孤独な化け物なんかにはしない。

彼らがさせない。

上条当麻(かみじょうとうま)の中で、目には見えない分厚い壁が明確に砕け散った。

死の予言。

そんなものは後に回して構わない。そう思える何かが目の前にある。

「お前が力を振りかざせば何でも思い通りになっていると思っているなら。自分が一番忌(い)み嫌(きら)っているものを他のみんなにも押しつけようとしているのなら」

どこにでもいるありふれた高校生は右の拳を強く握り締めた。

強く。

「まずは、その幻想をぶち殺す‼‼‼」

問題は何も解決していない、少年が自分で優先順位を決めたのだから。

上条当麻(かみじょうとうま)は今日死ぬ。
だから、、、それが、、、どうした。

第四章　不幸な少年がそれでも見据えたもの　Over_the_River.

1

H・T・トリスメギストスは目の前の全てを見ていた。

原因は分かっていた。

だから、上条当麻さえ殺せばアリスは正常に戻るのだと思っていた。

アリスを歪めてしまったアンナに対しても制裁は必要だと考えていた。

彼は常に小さな少女に仕えていた。

一般的に考えて、あんな小さな少女を一人で広い世界に投げ出すのは酷だと思ったから。この場合、絶大な『力』の保有はプラス材料にならない。むしろ危難の兆しでしかなかった。まるで莫大な遺産だけ押しつけられた幼子。日陰で蠢く魑魅魍魎からすれば格好の餌。保護して世話する存在がいるべきだと判断した。理屈ではない。こんなものを見たら誰もがが当たり前にそう思うと、つまりそれが一般的だと彼自身が大きな世界の善性を信じたから。

それならば、

『おおおおおおアアアアアああ!!!!!!』

何だ、これは？

こんなものが見たかったのか？

図書室は風が吹き荒れていた。それは気象現象という意味ではない。物理ならざる大きな力の流れ、追い風と向かい風の連打。

アリスというお手本を参考にしてレギュラーな『超絶者(ちょうぜつしゃ)』となっただけの自分では、とてもではないが始まりの場所に位置するアリスを助ける事は叶(かな)わない。

それはアリスを踏みつけながら手を差し伸べるのと同じで、意味のない行為だ。そのまま手を引っ張れば少女の腕の方が千切れてしまう。

だから。

ＣＲＣ。クリスチャン＝ローゼンクロイツ。

アリス＝アナザーバイブルに由来せず、一般的に考えて明らかに彼女を超える力を持った存在に委ねてしまえば。それこそが孤独な少女を助けるための唯一の正解だと思った。

その一点しかなかった。

思いつかなかった。

だけど『再誕』した聖者は一般的な伝承とはかけ離れた存在であり、アリスを含めたこの世界を助けてくれる誰かではなかった。

頭を潰されたアリスはいつも通りに笑っていたが、どこかに違和感はあった。

限界だった。

アリス＝アナザーバイブルも。

世界の救済を求めておきながら自らの手で行動する事ができなかった『橋架結社』も。

自分の意見を消し去り己を捨て去った『超絶者』も。

何もかも。

やってはいけない選択肢を選んだ。Ｈ・Ｔ・トリスメギストスは致命的な分岐を越えて、後はもう地獄しかない線路をひたすら走り続けていた。やっと気づいた。では後戻りのできないこの状況で、青年執事はここからどう足掻く？

最善はない。

ならばどこに着地点を見出す。

「……、」

たとえ致命的に間違った分岐の先へ進んでしまったとしても、やはりH・T・トリスメギストスは『超絶者（ちょうぜつしゃ）』だ。自分で選んだ神の外見と機能を着こなし、『救済条件』を設定して、後はそこに当てはまった全てを助ける個人。よって、青年執事はこの状況に至ってもなお自分自身ではなく、行動基準を決定づける存在に質問を投げる。

すなわち今あるこの世界の全てに。

一般的に考えて。

泣いている女の子をそのまま放っておくのは正しい行いか？

2

そこは光に満ちた図書室だった。

大仰な神殿でもお城でもない。アリス＝アナザーバイブルが一目見てみたかった、とある少年が通う高校。合理性なんか何もないのに、彼女が最後の場所としてわざわざ自分で選んでやってきた。

それだけだった。

現実に自分の命も含めてアリスは全部そこに投げ出した。

本当は。

小さな少女は何を望んでいたのか。

学園都市の存亡とか、世界の歪みとか、そんな話は誰もしていない。

アリスの奥底にあるものを感じ取れ。

上条は静かに奥歯を噛む。

強く。

自分がここまで追い詰めた少女の心と向き合う時が来た。

「とうまっ」

「一〇万三〇〇一冊で無理に全部解析しようとしなくて良い」

正面のアリスを見据えたまま上条が吼えた。

自覚的に。

己の心を点火するために。

「どっちみち、やるべき事は分かってる。アリスを殴り倒して正気に戻す!! 最強だからって一人で抱え込まなくちゃならねえ理由なんか一個もねえんだ。もうこれ以上、一秒だって、あいつを独りぼっちになんかさせねえぞ!!」

上条当麻。

アンナ＝シュプレンゲル。Ｈ・Ｔ・トリスメギストス。

三人が同時に一人の少女と向かい合う。逃げずに睨みつける。そもそも立っていた場所も思惑も持っている力も全く違った人々が、しかし一つの目的のために同じ方向を見て行動する。

忘れるな。

もし忘れているのなら見せてやる。

「怯むなっ……」

アリス＝アナザーバイブル。

一人なんかじゃない。

その孤独は単なる幻想に過ぎない。

お前を助けたいと思っている存在は、まだこの世界にいくらでもいる事を!!

「行くぞおおお!!!!!!」

叫び、恐怖を振り切って、上条当麻は前へ走る。右拳を強く握り締めたまま。

間合いに入るよりかなり手前の話だった。

がりっという硬い音があった。

アリスのすぐ近く。

足元から。

何故とか、どういう意図があってとか、そんな風に真っ当な疑問を覚えている場合ではなかった。

アリスはすでに行動している。

それが何であれイレギュラーな『超絶者』が自らの体を使って行動を選択した。

攻撃一択。

「愚鈍!!」

小さなアンナに横から膝の後ろを蹴飛ばされた。

視界がすとんと真下に落ちた直後、下から上へ、斜めに大きく空気が引き裂かれる。

音が消えた。

上条の真後ろで、五指の爪の形でそのまま図書室の壁が丸ごと斜めに切断されていた。間にあった無数の本棚など言うに及ばずだ。後から遅れて気づく、頭の位置が数十センチ下へ落ちていなければ上条もそうなっていた。

爪。

引っ掻く。

原始的な攻撃の、とことんまでの極大化。

「死ねば終わりよ。当たり前だけどこれが絶対のルール!! 『旧き善きマリア』の『復活』もアリス自身がもたらす致命傷には対応できないわ。彼女を本気で助けたいのなら世界に甘えるのはやめなさい。差し伸べられるのは自分の手しかないのよ!!」

もしアンナ＝キングスフォードなる達人がこの場にいれば、容易く看破しただろう。

その域に喰らいつけるのは、一〇万三〇〇一冊以上の『原典』を正しく使う魔道書図書館くらいか。

「……これもまた魔術だっていうの?」

半ば信じられないように、インデックスが呟いていた。

転んだ上条に手を差し伸べながら、

「人間の内側と大きな物理世界は全て連結している以上、体一つで実行できる行為は全て外の世界を丸ごと変える神秘へと繋がっている。それは分かるけど」

「大仰な仕草や儀礼は己の意志の純度を上げるための禊ぎや清めに過ぎん」

オティヌスが呟いた。

このタイミングで上条はそっとインデックスに小さな神を押しつける。

全体的に端から端までアリスが謎すぎる以上、分析係の生存が最優先だ。とにかく狙われまくる上条の元に置いておいても被弾から守り切れない。

「……元から高い純度に無理矢理引き上げられているアリス＝アナザーバイブルの場合、下手な手順をなぞるよりもむしろ一つ一つの挙動が純粋な形を保っている事の方こそが重要であるのだろう」

「幸運だと思いましょう」

H・T・トリスメギストスだった。

この状況でなお陰気な青年執事はそう評価したのだ。

何故ならば。

「とびきりの僥倖です。頭で思っただけで敵は死ぬ、アリスが意識するまでもなく世界が勝手に動いて敵を殺す、などとならなかった事に。アリスのあらゆる攻撃にはひとまず本人の物理的な承認が必要だ、という制約があると分かったのです。一般的に言ってこれは幸せだ」

しかしだとすれば、爪の形に留まらない。

八頭身の美女と化した誰かが、斜めに傾いたままこちらを見据えた。

一歩。

だった。

「とうま来る!!」

「ッッッ!!⁉??」

分かっていても、上条は生き物としての反射を抑え込めない。両手をクロスして顔を守るのは明らかに失敗だった。

ふっ、と。

紅茶に似た甘い香りが少年の鼻腔を支配した。図書室の古い紙の匂いを侵食して呑み込む何か。

すでにアリス＝アナザーバイブルは上条の背後に立っていた。

『歩く』。

すなわち望む場所へ移動する事。

指先を特別な形に組むのでも決められた順に複雑なステップを踏むのでもない。

誰でもできる行為。

意識もしないで享受している恩恵。

ありふれた行動から抽出される意味の純度が高過ぎる!!⁉??

「アリっ……ッ⁉」

すでに至近。

猛然と振り返り、裏拳気味に右手を真後ろへ振るう上条。

しかし空振りした。

八頭身の完成された美女は獣のように四肢を床に強く押しつけ、頭の位置を限界まで下に落としていたのだ。

『這う』。

死角を掌握された上、ギリギリの反撃まで空を切った。その意味に上条の心臓がギリギリと締め上げられる。これでは『あの』アリスに対して、どうぞお好きなタイミングで一発入れてくださいと言わんばかりだ。

青年執事が躊躇なく動いた。

右手で光が閃き、杖の中に収まっていた白刃が光となって床を切断した。明らかに刀身の長さを無視した異様な斬撃。低く低く全身で伏せたアリスのちょうど首の位置だった。きちんと当たった。しかし金属製の刃は明らかにアリスの体をすり抜ける。透過。

誰でもできる仕草から抽出した意味。

回避行動。

オティヌスが忌々しげに吐き捨てる。

「当たる当たらないなどもはや関係なしか!!」

すなわち八頭身の美女が回避の態勢を取る限り外界のダメージは一切入らない。核ミサイルが直撃しようがお構いなし。アリスは自分の首をまともに薙いだH・T・トリスメギストスには興味すら持たないらしい。這った状態から頭を上げ、のそりと無造作に五指を上条へ伸ばす。

「やはり」

青年執事にとっては確認作業に過ぎなかったらしい。

ゴバッ‼　と。

アリスではなく、足元にあった床全体が大きく切断されて下に落ちる。

最初からそちらを斬った。

生きて情報を積み重ねるために、H・T・トリスメギストスがわざとそう狙った。

自分は今日死ぬ。

いい、いい、いい、
それはもう良い、

「おいコラ人間っ」

「(そこのオティヌス押さえとけインデックス!)」

視線で伝わるかどうかといった途端、床全体が崩壊した。

両足が確かな重力を忘れ、視界が真下に滑る。耐震用のネジで留めた重たい本棚ごとあっさりと。

「がっ⁉」

上条もアンナもトリスメギストス本人も巻き込まれ、結果としてアリスの指先から距離を取る事に成功する。

九死に一生。

普通の教室とは違って、広い空間にオフィス用のスチールデスクがずらりと並んでいたであろう空間。そのなれの果て。新しい校舎は開校前だというのに事務机の上にはすでに私物がいくつか散らばっていた。ここは職員室だろうか。

アリスだけだった。

八頭身の美女は長い金髪をざらりと揺らし、上階からこちらを見下ろしていた。部屋の角だけ床が残り、そこにアリスだけが佇んでいたのだ。

まるで心ない人間が捨てた釣り針やビニールテープが絡まって傷つき、じくじくと血を流し、心の表面が全部ささくれ立った、手負いのケダモノのように。

寂しく。

威嚇や咆哮さえ物悲しく。

まだだ、と上条は痛む体を引きずって身を起こす。今は生きている。この体がどんな状態だろうが、たとえ医者が悲鳴を上げるような惨状だとしても、今は生きている。この一瞬だけは、まだ。『超絶者』どうこうといったパワーバランスはもはや関係ない。ただの人で結構。命さえあれば、どんなちっぽけな人間にも自らの意志で選択して場の流れを変える資格を持つと知れ。

そして最強規格外の存在は上条しか見ていない。

それはむしろ安心材料だ。

（インデックスとオティヌスは多分上。しかもアリスと違ってドア側だからいつでも逃げられる。あいつらは一番危ない最前線にいなくて良いっ、スマホさえ繋がるなら情報的な支援はしてもらえる！）

「こいつの変種ね」

ゴドン!!　と鈍い音があったと思ったら、アンナの傍らに二メートル大の金属球があった。

『プネウマなき外殻』。古今東西のあらゆる文明の利器を取り出し、そこから世界最古の死因を抽出する霊装。

「アリスの場合は道具すら頼らないわ。体一つで行う動きに込められた意味を表に引きずり出して猛威を振るう。あれはそういう魔術であり、もはや一種の奇跡よ。あらゆる聖者が無手で起こしたとされる冗談みたいな伝説をそのままロジック化している。自分の感覚だけでね」

「……、」

「クロウリーの師とやらが暴走してアリス＝プレザンス＝リデルを勝手に改造したという話だったけど、Magick、『黄金』、そして『薔薇十字』と、順番に遡っていけばわらわの術式のエッセンスが顔を出すという話なのかしら」

上層に残るアリスは無視して動いた。

踵。

震動。

互いの階層など関係なかった。

見上げる上条達の体が一発で硬直する。縫い止められる。

『地団太』。

幼稚な抵抗にして威圧。目に見えて明らかな上位の存在に対する逆転狙いの挑戦。大人の論理を子供の本能でねじ伏せる脅迫行為にして、人間なら誰もが行う原初のギャンブル。

機能した。

凝固した世界、この一秒で八頭身のアリスは躊躇なく飛んだ。

着弾予測地点は上条当麻。その頭頂部。

鈍い音があった。

アリスもまた『何か』を鋭く地面に叩きつけたのだ。

それで呪縛が解けて、上条は慌ててアンナへ飛びつくようにして床を転がった。

流星のようにアリスの踵が落ちて床を大きく抉る。

抱き留められ、揉みくちゃになったまま小さなアンナが嗤った。

いかに絶大な力があろうが、とある少年からこれをしてもらう側には立てないアリスを挑発でもするように。

「そして面倒な説明シーンだと思ってお子様は流し観一・五倍速モードで投げちゃった？　『プネウマなき外殻』はデモンストレーション用の展示品じゃないわ。こいつはあらゆる死因をランダムに取り出す、わらわ自身でさえ完全制御はできないほどの霊装なのよッ!!」

手にしているのは杖だ。

黄金の巨大な十字架を、さらに真っ赤なルビーでできた薔薇で飾った奇妙な杖。

「わらわの引きの良さに感謝なさい愚鈍。黄金十字と紅玉薔薇、すなわち世界最古の人の手による薔薇の奇跡が原因の破滅。幻滅死。古代発祥という触れ込みで、実際には中世に描かれ、そして近代に再発掘された、成長と爛熟を極めた魔術による暴力が全て詰まっている!!」

シュプレンゲル嬢は小さな手で掴んだ杖をかざした。

それだけだった。

大仰な呪文も複雑な魔法陣もない。ただ虚空に炎が生み出され、杖から解き放たれた。それは液体の動きで真っ直ぐアリスへ襲いかかる。尋常な炎ではなかった。古い写真を裏から炙るように、物質の素材に関係なく空間そのものを黒く穢して消し去る魔性の炎だ。

アリスは長い金髪の端を束のまま掴む。

そのまま頭をぐるりと回した。

歌舞伎のような動きに太い髪束が空中で大きな輪を描き、そして紅蓮の炎が通過した瞬間きつく絞り上げる。

オレンジ色の炎が空中で動きを止めた。

すなわち対象の確実な移動停止。干渉不能状態へと隔離する事。

『縛る』。

「チッ!!」

アンナにとって『プネウマなき外殻』は自前の霊装とはいえ、偶発的な確率で手に入れた武器だ。同じ事をやっても同じ得物は手に入らない。

しかしわずかでも惜しんだのは失敗だった。

アリス＝アナザーバイブルが炎を縛った髪束を片手で手前に引っ張ると、つんのめるように小さなアンナがバランスを崩す。

その間に、だった。

八頭身の美女が一歩前に進んだ。その効果は前にも見ている。距離など関係なく、すでにアリスは目的地に到達している。

すなわち上条当麻の懐深くにまで。

一瞬、少年は当たり前の遠近感を見失った。成長したアリスの胸が壁になったせいで瞳孔のピントが合わなくなったのだ。

正面から。

流れるような動作だった。

ようやく両目が状況に追い着いた時、アリスの五指が、鋭い爪が、上条の喉へしなやかに伸びていた。

時間が止まる。ギリギリと首を横に振ろうとするが体が追い着かない。

まだ死ねない。

たとえ死ぬとしても今じゃない。

上条は焼けつくほどに強く思う。何しろ泣く事を忘れて獣のように咆哮する少女が目の前にいるのだ。彼女を助けないと死にきれない。

横から光が鋭く刺さった。

時間の流れが戻った。

くの字に折れ曲がったアリスの体がまともに床を転がる。

初めてのクリーンヒットは上条でもアンナでもH・T・トリスメギストスでもなかった。

声があった。

「なに？　アリスに当たるなんて嘘よね……。そもそも迷宮内は時間も空間もヤバい隔絶だらけで中心には近づけないんじゃなかったの⁉」

夜と月を支配する魔女達の女神アラディア。

離れた場所ではボロニイサキュバスと二足歩行のウサギが取っ組み合いになって転がり、数々の次世代兵器の影を取り込んで校舎を踏み潰しかねないサイズにまで巨大化したムト＝テーベが同じくらい膨れ上がった規格外の猫と正面から殴り合いを繰り広げていた。

『超絶者』達もまた校舎に入っている、と前にアンナが言っていたか。

グリフォンや処刑人と乱戦状態になっていたところに上条達が落ちてきたらしい。

彼と違ってアリスに招待されていない。

アンナのようにすり抜けられない。

アラディアやボロニイサキュバス達は絶対にゴールのない迷宮へ無理矢理踏み込んでいる。

そんな中で極悪なアリスの玩具達――見た目がどれだけコミカルであっても、一つ一つが学園都市の『暗部』を圧倒したあの化け物どもだ――と終わりのない戦いを散々繰り返して、それでも普通に生き残っている時点でやはり『超絶者』はまともじゃない。

束の間、上条の中で暗黒みたいな死の重圧がすっと消え去る。体の中心から力が膨らむ。

やっぱりアリスは一人じゃない。

世界は無慈悲なんかじゃない。

何しろ『旧き善きマリア』やアラディア達は勝っても何も手に入らない。なのに構わず自分の命を懸けてここまでやってきたのだ。たった一回死んだらこれまで積み重ねてきた全てを失う。当たり前で絶対のルールに縛られたこんな戦場にまで。

決死。その動機。

優しさ以外の何かがあるなら言ってみろ。

「愚鈍、悪い兆候よ。時間稼ぎのオトリ役とかち合ったって事は余計な敵勢力まで合流してくるわ。具体的にはグリフォンとか処刑人とかのアリスシリーズが」

「なに一人だけさっさと逃げてイチャイチャしてるのよクソ悪女。『救済条件』の魔女でないならこの時代に尻を叩く事も辞さない『超絶者』よわたくしは」

「あらあら年季を感じさせる若作り女神め、素体の実年齢が知れそうな話だわ」

「実際には何世紀の人間かも分からん乾物幼女にだけは言われたくない」

アリス＝アナザーバイブルが崩れた戸棚に半分埋まった体を引っこ抜いた。

ぎょろりとアリスの眼球が動いた。

ここまできても、妖しくしなやかな美女は徹底して上条しか見ていない。自分に一撃喰らわせたアラディアになど視線すら投げない。

「っ。とにかく下がるのよ。距離を取ってちょうだい!!」

ぶっ壊れた職員室に鋭い声が響く。牽制するべくアラディアは掌をかざし、散弾のように光の飛沫を放つ。いいやその全てがウミヘビにも似た動きで空気を裂いて様々な角度から八頭身のアリスを狙う。

絵本の少女は無言だった。

そちらを見なかった。

ただ人差し指を突きつけ、時計回りにくるりと一周小さく回した。

冗談のように全ての光弾が八頭身の美女から左右に逸れる。あらぬ壁や柱をぶち抜いていく。

『呪い』。

こんな子供じみた仕草の一つであらゆる注目は容易く惑わされ、術中にはまる。

「っ」

アラディア側に驚いて息を呑む暇もなかった。

アリスは本当に最後まで視線も投げなかった、無造作に伸ばしたままの指先の並びをただ変えた。中指を丸めて親指の腹で押さえ、何かを弾き飛ばす仕草をしたのだ。

光も音もなかった。

まるで返礼だった。

アラディアの体が近くの壁をぶち抜き、どこかへ吹っ飛ばされる。

上条の顔が真っ青になった。

まともに当たった。

『弾く』。

今のは何だ？

誰でもできる簡単な動きから一体どんな意味を抽出した⁉

上条の脳裏で前提が強く警告してくる。

死ねばそこで終わり。

あまりにもあっけなく、本当の本当に死に別れる。

アリス本人の攻撃だけは『旧き善きマリア』の『復活』でも絶対に治せない。

「アラディアああっ‼」

「大丈夫よ愚鈍、二人でダメージを共有分散しているみたい。この場に全く同じアラディアが二人いなかったら今ので心臓が破裂していたでしょうけどね」

何で破裂するのかとか、二分の一に分けるとはどういう事になるのかとか、いちいち疑問を整理している場合ではなかった。

鈍い音と、火花。

歪む景色に後から遅れて空間を叩く爆音と衝撃波。

アンナとアリスの間で、再び何かが交差した。

とにかく死と隣り合わせのアリス戦では一秒の価値が平素とは全く違う。死んだら終わりで、本当に終了。常にリアルタイムで時間は先に進み、誰もが同時に行動しているのだ。

判明したルールだけは忘れるな。

「とはいえ別に安心材料にはならないわよ。ダメージは二分の一、つまり同じ攻撃を二回喰らったらアラディアは二人ともおしまいなのだから」

「……、」

アラディアではダメだった。

あらゆる兵器の影を取り込んで無尽蔵に肥大化していくムト＝テーベも、必要であれば破滅的な力を持つ代物であってもあらゆる器具や薬品を合成する『旧き善きマリア』も、アリス＝アナザーバイブルの動きを止められるイメージがしない。

物理的な硬度や耐久性に関係なく、あらゆる快を等量の苦痛に置き換えるボロニイサキュバスの術式『コールドミストレス』。規格外のクリスチャン＝ローゼンクロイツすら顔をしかめさせたあの一撃も、果たしてどうか。今のアリスは、人間らしい、分かりやすい喜怒哀楽で語れるような心理状態なのか。

なら諦めるか。

己の胸に聞け、ふざけるなと即答できる自分を少しは認めてやれ。

根拠は自分の中にある。

これまでの道のりが強く鍛えてくれたと感謝しろ。

「一つ一つを分析してもあまり意味はないわ」

アンナ＝シュプレンゲルが言った。

離れた場所に立つアリスと改めて距離を測るかのように黄金の十字杖をかざして、

「そもそも『アリスには絶対勝てない状態』を切り崩すところから始めなければ。そしてそれができるのは分かりやすい最強の『超絶者』連中じゃない。わらわや愚鈍といった、まともじゃない戦力が風穴を空けなければならないのよ!!」

ふっ、と。

八頭身の美女が消えた。

黄金の十字杖と原始的かつ凶暴を極めた平手。

正面からまともにぶつかった。

アンナが対応した。

できた。

横からさらに一撃加えようとした処刑人を、アンナは睨むだけで縦に両断する。杖を飾る薔薇に似たルビーが後から遅れて光った。役目を終えて凝縮状態から四散する空気の塊が後から暴風のように吹き荒れて上条の髪や頬を嬲る。

『不思議の国』由来の怪物でも死ぬ時は死ぬ。

この世に絶対はない。

思えば最初からそうだった。常に絶対的だったアリスだが、アンナ＝シュプレンゲルが顔を出した時だけ小さな悪女が状況を手玉に取り、罠にかけ、主導権を握って、つまりそれだけアリスの影が薄れていく。

　クリーンヒットではないが、そもそもアリスと鍔迫り合いができている事自体だってまともな状況ではない。

　アンナとアリス。

　共にイレギュラーな『超絶者』同士。

　アリス＝アナザーバイブルが確率や発想などあらゆるものを己の味方に置き換えるのと同じく、アンナ＝シュプレンゲルもまた見えざる何かをリアルタイムで操っている。

「わらわを受け入れなさい、H・T・トリスメギストス!!　アリスから出発したレギュラーな『超絶者』では一つの頂点たるアリスには傷をつけられない。だけど軸を変えてしまえばアリス上限の優先順位は全部迂回できるわ。バベルの塔と世界樹ユグドラシルで背比べをするようにね!!」

「痛み入ります」

「愚鈍が笑うなら何でも良いわ。同じように、あなたもアリスに笑ってほしいんでしょう。なら早く!!」

　目には見えない空気が変わる。重さが消える。

　それは可能性だった。アラディアもボロニイサキュバスも、他の『超絶者』だって繋がる先を変えればアリスの絶対性を覆せるかもしれない、と。

青年執事が改めて居合のように腰に据えた杖に右手を寄せる。

一刀の意味が変わる。

だけど一瞬だけ遅かった。均衡が破れた。アンナの小さな体が強く打撃される。

双方は同格のはずなのに。

片手一本。アリスは右手で無造作に掴んだボロボロのグリフォンを一つの武器とみなす。

まるでそういう形の棍棒だ。

『掴む』。

あらゆる物体の自我と意志を否定し、ただ機能的にその攻撃力と防御力だけを一方的に引きずり出して自分自身の威力に上乗せする。

素のままではアンナと拮抗するとしても、他の何かで実力を嵩上げしてしまえば話は変わってくる。

すなわち他者の、武器化。

刀剣でも焼売でも女神でも万物を問答無用で装備して己の数値を高めていく、馬鹿馬鹿しいまでの最強魔術。

（あらゆる兵器の影を取り込むムト＝テーベの上位版かっ⁉）

「がアっ⁉」

「アンナ‼」

さらに一撃。グリフォンの分だけリーチが変わった事で回避が追い着かず、打ちのめされ、小さな悪女がまともに仰け反る。

アンナ＝シュプレンゲルが呻き、黄金の杖を振りかざそうとする。

だがやはりアリスの方が早かった。

いっそ不自然なくらい、常に一歩だけアリスが先だ。

彼女は横合いから切りかかったH・T・トリスメギストスの手首を掴む。武器化。そして装備。『それ』を無造作に横へ振るったのだ。

直撃した。

鈍い音が炸裂した。

この場合に限ってなまじアンナの側についたのが、逆に失敗だった。

あるいはアリスのそういう追い風にやられたのか。

こいつは外から力を奪う魔術だ。H・T・トリスメギストスがあくまでもアリスの玩具の一つであれば、一〇〇％のアリスへさらに力を上乗せする事にはならなかっただろうに。

小さな悪女の呼吸が詰まり、唇の端から赤い球が虚空に飛び散る。

均衡を破った。

黄金の十字杖を取り落とすのも構わず、アンナは歯を食いしばって前へ。

激突音が再び炸裂(さくれつ)した。

だけどアリス=アナザーバイブルからの理不尽な暴力ではなかった。

そこで終わらなかった。

むしろアンナ=シュプレンゲルからだった。

アンナとアリス、その額と額がまともにぶつかったのだ。

「……認めてほしかったんでしょう」

ギリギリと、だ。

互いの額と額を押し当てて、至近距離でアンナが言う。

「許してほしかったんでしょう！　そして愛してほしかった!!　わらわと同じように!!!!!!　だとしたら、それはあなたが勝手に諦めるようなものじゃない。彼は、悪女であっても構わなかった。あの時迷わず一緒に逃げてくれたから、わらわはこうしてここにいる。愚鈍が手を差し伸べようとする限り、この世界から光が消えてなくなるだなんて安易に思うなッッ!!!!!!」

アリスからは何もなかった。

ただ、獣のような形相の頬がわずかに震えた。

己の激情とは違った理由で動いたように上条(かみじょう)には思えた。

直後にアリスが動く。

『嗅ぐ』。

嗅ぎ取る、嗅ぎ分ける、獲物の位置だけを正確に特定する。すなわちどのように大振りな攻撃であれ次の行動の一〇〇％必中化。

もう一度、だった。

H・T・トリスメギストスをアリスは片手で振り回し、攻撃力を底上げした一撃がまともにアンナの小さな体を叩いた。その衝撃で陰気な青年執事の体がアリスの手元からすっぽ抜ける。いや右手の手首から先が陶器のように砕けていた。八頭身の美女の手の中にはH・T・トリスメギストスの掌だけが残っていた。

野球のホームランともボウリングのストライクとも違った。

得体のしれない快音と共に二人まとめて薙ぎ倒される。

悲鳴もなかった。

アンナ＝シュプレンゲルのダメージは想像すらしたくない。

そして、残った手首を無造作に横合いへ放り捨てるアリスを、倒れたまま朦朧とした感じでH・T・トリスメギストスは眺めていた。出血らしい出血がないのが逆に異常だった。

「わたし、は」

青年執事の唇から、何かこぼれた。

それは言葉だった。

一般的に考えれば、望まぬ力を押しつけられた少女を見た時に、誰もが等しくそう思うだろうと信じた。そんな一人の魔術師の口から溢れた言葉。

「あの子の屋根となり、世界の脅威から守り抜く……保護者には、なれなかった」

聞いていなかった。

アリス＝アナザーバイブル。

八頭身の妖しい金髪美女は首を斜めに傾けて、ぐるりと振り返る。

『せんせい』

上条当麻の方へ。

それしか見えていないかのように。

分かる。

アリス＝アナザーバイブルはそもそも普通の状態ではない。

最初に魔術師に体を改造されたのもそう、『橋架結社(はしかけけっしゃ)』という集団に囲まれて保護されていた時も、アンナが何かして上条当麻(かみじょうとうま)へ強い興味を抱くように仕向けた時も、そしてその上条(かみじょう)から拒絶されて呆然自失(ぼうぜんじしつ)となった時も。

長い長い間ずっとまともじゃなかった。

それは分かるけど。

だけど、今のだけは、決して脇に置いて流して良い一言ではなかったはずだ。

獣と化して理性を失ったアリスは話ができない訳ではない。現にこうして上条(かみじょう)には声をかけてくる。その上で、青年執事については切り捨てるという選択を彼女は自分でやった。

興味が湧かない。

だから話をしない。

それだけで反応しなかったのか、アリス＝アナザーバイブル。

（まだだ……）

失望するな。

アリスを諦めるな。

もうこれ以上は歪(ゆが)ませないと決意しろ。

個人の不幸は言い訳に使える、なんて考えるようになったら人間は終わりだ。ある意味において、上条当麻はそいつを誰よりも良く知っている。

世界は残酷で、理不尽や不条理に打ちのめされた人達はたくさん見てきた。

だけど上条はそうした人達に怯まなかった。

戦ってきた。

運が悪かった。それは何にでも使えるとても便利な言葉だけど、すがって乱用したところで暗闇の出口は絶対に見つけられない事を、理由もなく不幸と寄り添って生きてきた彼は当たり前に知っている。不幸な人を無責任に甘やかせば永遠に薄汚れた袋小路に留まって腐り果ててしまう事だって、誰よりも深く知り尽くしている。

だから。

アリス=アナザーバイブル。

今から理不尽な不幸との付き合い方を教えてやる。

『……せんせいも、まだ戦うですし？』

「ああ」

上条当麻はたった一つの武器、すなわち己の拳を握り締める。

強く。

『でもそんなのどうでも良いので少女は少女の予言を覆しますせんせいだけは少女が何とかするですし仲直りせんせいと殴り合うしあわせハンパな図書館なんか信じない大丈夫どこかにき

っと方法があるはずですし失敗なんかするもんか少女はアナザーバイブルだから仲直り』
「ああ!!　そんな言葉で俺が止まると思ってんじゃねえぞ、アリス!!」

3

もうアンナ＝シュプレンゲルやH・T・トリスメギストスには頼れない。

他の『超絶者(ちょうぜつしゃ)』も遠い。

このありふれた職員室が全て。

世界なんて多分とっくの昔に隔絶されている。

一対一。

上条当麻(かみじょうとうま)とアリス＝アナザーバイブル。

あるいはアリス＝プレザンス＝リデルのなれの果て。

これは元々彼らの話で、彼らが決着をつけるのが圧倒的に正しい。

だから。

「『おおおおおアああッ!!!!!!』」

正面衝突だった。

アリスが獣のように叫んだまま両手を大きく左右に広げる。

『抱く』。

他者への依存にして、己の体全体で外界から充足感を獲得しようとする行為。

もちろんまともにもらえば上条の胴体など呆気なく千切れてしまうだろうが。

鈍い音があった。

まともに直撃した。

上条側からだった。

拳の感触だけが意識の冴えを取り戻す。右拳から人を殴った衝撃がきちんと伝わる。

攻撃一辺倒。ガードについて何も考えず、両手を大きく広げてアリスが真っ直ぐ向かってくるならある意味では当然でもあった。

『っ』

八頭身の美女から汗の珠が飛び散り、仰け反り、『抱く』体勢が崩れる。体幹が崩れたまま、アリスの鉤のように曲げた五指がまともに空気を横に薙ぐ。

少年は体を落とす。

壁も柱も等しく切断する死の一撃をギリギリでやり過ごし、さらに上条が拳を振るって、こちらはアリスの逆の手で防がれた。ただし『歩く』や『縛る』と違って特殊効果は何もない。

アリス側に奇跡を抽出し、練り上げるだけの暇がなかった。

さらに二回、三回とまともに激突した。

まだ上条は死ななかった。

ざざっ!!　と二人は一歩後ろに下がる。

『おかしいですし』

アリスが首を傾げた。

八頭身の拘束美女が一〇歳の仕草で体を動かしている。

奇妙で異質。

その塊。

『今立っているのはせんせいだけなのに、でもせんせいは一人じゃできない動きをしているので』

「当たり前だろ……」

『這う』回避動作中はあらゆる攻撃がすり抜ける。

敬愛する起点の少女であっても迷わず刀剣で一刀両断し、そんな結果を目に見える形で引きずり出したのはH・T・トリスメギストス。

道具にこそ頼らないが、『プネウマなき外殻』と似ている。奇跡の抽出。

そう言っていたのはアンナ＝シュプレンゲル。

ただし、

「ならずっと『這う』動作をしたまま攻撃し続ければ良い。そうすりゃいつまでも無敵状態が解除されないまま、アリス側の反則攻撃だけが一方的に襲いかかってくる状態をキープできるんだからな」

『……、』

「でも実際にはそうなっていない。つまりお前は一度に一つの奇跡しか使えない。例えば全ての攻撃がすり抜ける回避動作の『這う』をしたままじゃそっちだって永遠に指一本触れられなくなるから、決着なんかつかなくなるんだろ？　『歩く』でも『呪い』でもそうだ、アンタの奇跡はい、い、い、独立していて並列や掛け合わせはできない！　ならもう弱点は見えているぞアリス＝アナザーバイブル。ダメージはそのまま通る!!」

クロスカウンター狙い。お前の硬さがどれくらいかは知らないけど、攻撃の瞬間だけは無敵状態を両立できない。

わずかだが、これこそが対アリス＝アナザーバイブル戦における唯一の活路。

アリスは肉の体一つでできるあらゆる奇跡を行使するが、仕草自体は子供のものだ。威力は絶大であっても『ついつい』『反射で』繰り出してしまう攻撃ばかりなので、言い換えればタイミングを合わせやすい。

もちろん上条が一人で気づいた事ではない。

そんなはずない。

倒れていった人達の想いの強さが他に劣っているだなんて話は絶対にさせない。

アリスがあらゆる物品、現象、人物を『摑んで』武器化するというのなら、こちらは積み重ねた想いの強さが背中を押してくれている。

もう泣いて終わるのは許さない。誰も暗闇の中に残さない。アリス＝アナザーバイブルの手を摑んで引きずり上げたい。

それは。

幻想殺しでも絶対に消し去る事のできない、現実の力だ。

「……今ここに立っていないから何だ？　アンナやトリスメギストス達が教えてくれたんだ。あいつらが体を張って検証して、一つ一つを引きずり出してくれなきゃこうはいかなかった。分かんねえのか？　今も一緒に戦っているんだよ俺達は」

『なら回復します』

端的だった。

アリスは最強すぎるから今まで敗北の機会が回ってこなかったというだけで、勝敗そのものにこだわらない。自分が打ちのめされて死ぬ可能性というものを、そもそも恐れない。

ここで自身の行動を邪魔する敵対者をきちんと葬れるのなら、たとえ一度や二度死んでみたところで彼女は何も困らない。

何故ならば、

『忘れたんですし、せんせい？　少女はローゼンクロイツとか名乗っていたどこかの誰かの手ですでに頭を砕かれている。その状態から何事もなく蘇っているので。せんせいがズタボロになってそれと引き替えにようやく少女を一回殺したところで、少女にとっては関係ないですし。一億回でも一兆回でも平然と蘇ってせんせいが一人で勝手にスタミナ切れで潰れていくのをただ待てば済む話ですので』

「でも回復に専念している間は他に何もできないんだろアリス？」

こちらもまた即答だった。

その程度では折れない。

上条当麻は、人々から託された想いや願いが無駄に終わって死ぬほどの苦労が一瞬にして無に帰す事を恐れていない。

回復。

台無し。

だからどうした。

言葉を切ったのは意外にもアリス側だった。

八頭身の美女が言う。突沸寸前の鍋のように、奇妙なほど静かで波のない声色で。

『……、何をするつもりなので？』

「何だご自慢の奇跡とやらは品切れか？　俺の頭の中でも探ってみろよ、アリス」

アリス＝アナザーバイブルの宣言通りだった。

上条当麻は死ぬ。

彼はそれを受け入れた。

引き替えに得る力でもって一人の少女を助けると、自分の意志で決めた。

だから少年の方から先に踏み込んだ。

激突した。

4

容赦のない正面衝突。

アリスの拳が空気を圧縮し、今いる職員室を抉って、五指の爪の軌道に沿って空間ごと校舎を輪切りにしていった。

避けても意味はない。

どうせ回し蹴りの一発でも放たれれば、一帯をまとめて横に打撃する範囲攻撃へと化けていく。右から左へ薙ぎ払う、巨大な爆風のような一撃は体をどう振ったって回避できない。

実際にそうなった。

(がっ……)

メキメキ、どころではなかった。

バキボギという聞いた事もない鈍い音が上条の体の中で炸裂した。

どこが折れたかなどいちいち拘泥しない。

痛みの感覚が薄れていたのは、この場合むしろプラスになった。

そうだ。

幸運だの不幸だのなんて、結局は価値観や使い方の問題でしかない。

血の味がこぼれないように唇を噛んで、上条もまた拳を振るう。

クロスカウンター。

だけどアリスを打ちのめして動きを止めるだけなら、八頭身のケダモノが放つ全ての攻撃を器用にかわす必要はない。

一発に対して一発を返せれば御の字。

「ッッらあ!!!!!!」

叫び、上条は最後まで拳を振り抜く。

体重を乗せる。

今のアリスなら神や悪魔と呼ばれる存在でも、たとえ万人からそう扱われるほどにまで徹底して己を鍛え上げた人間であろうとも、殺したと本人が気づかぬままに踏み潰してしまった事だろう。

一切構わなかった。

上条の動きは止まらなかった。

実際にどれだけ精神論を語ったところで被弾は避けられない。アリスから一発一発をもらうたびに、上条の体の中から致命的な破壊音が鳴り響く。赤い血の珠が空気を泳ぎ、当たり前の痛みさえ灼熱の中に消えていく。

そんな状況であっても、歯を食いしばって拳を握る上条が怯む理由は何もない。

絶大な殺傷力。

だけどそもそも死ぬからどうした。

予言はかなり前の段階から放たれている。何もしなくてもどうせ上条が死ぬ状況は変わらない。現実に、そっちの対策に時間を割く余裕がなかった以上、死は通常運転のまま刻一刻と近づいてきている。つまりどちらが勝とうが上条の結末はもう変わらない。

その時点で気づけ。

上条当麻は自分の命など二の次だ。

い、い、い、それよりも。

目の前に女の子がいる。畏敬、万人から恐れられ反面的に敬われる羽目になった少女。誰も彼もから化け物としての力しか求められず、正しい負け方も忘れ、絶大な力さえ振るえば自分も他人も幸せになれると信じて。結果まだ手の中にあったはずの全部を失おうとしている孤独な誰かが。

ここが最優先。

何も上条当麻一人に限った話ではない。

『橋架結社』から離反してアリスに楯突けばどういう目に遭うか本当は分かっていたはずの、アラディアやボロニイサキュバス達。アリスの傍に最後まで仕えておきながら、少女に必要であれば刀剣の切っ先を向ける覚悟も決めていたH・T・トリスメギストス。そしてかつての自分を見るような目でアリスを眺めていたアンナ＝シュプレンゲル。

全員が全員、だ。

勝てるから戦っていた訳ではない。

むしろ生存から最もかけ離れた選択肢を選んだ人達だけが、こちらについた。無知な上条よりも、アリスという脅威を正しく知る『超絶者』達の方が決断するのは難しかっただろう。

それでも。

鈍い音が重なる。


つまりまた、避けられなかった。

一発もらうたびに体の動きが鈍くなる。重たい。しかしそもそも全身が爆発して床の染みになっていないだけでも全然マシだ。

上条当麻は、運が良いとは思わない。

アリスの側に躊躇でもあるのか。

小さく笑う。

もしそうなら嬉しいが。


拳と拳が、まともにかち合う。


一瞬、音が飛んだ。

空白。

少年の体の中で重要な線がいくつも切れた結果かもしれない。

拳が熱い。すでに砕けているのかも。

視界が斜めに傾ぐ。

それでも上条当麻は両足に力を込めて、かろうじて倒れるのだけは防ぐ。

がくがくと、アリスもまた足が震えていた。肩で荒く呼吸して、片目だけ不自然に塞がっている。まぶたでも切ったのか。

でも、まだ立っている。

正しいか間違っているかはもちろん、好きか嫌いかですらない。

ただ、譲れない。お互いに。どうしても。

なら終わらない、半端なままでは死ねない。運命を変えるチケットはまだ手の中にある。

使い切る前に倒れるのはあまりに惜しい。

きちんと止めろ。

助けろ。

痛みの感覚の失せた体を動かし、もう一度、上条当麻は拳を握る。


さらに一撃。

アリスの照準に気づいて、上条はとっさに体を丸めて庇った。

自分自身の右腕を。

千切れれば、アレが出てくる。自分から切断する事で呼び出せるらしいのもローゼンクロイツ戦では実証した。

倒す『だけ』なら。

あるいはアリスという超常を極めた何かに匹敵する世界の謎と言えば、もうアレくらいしか残っていないかもしれない。

だけど上条当麻はあの時に決めたはずだ。

自分で決めた。

もう二度とアレは使わないと。人には向けないと。ましてアリス＝アナザーバイブルは殺して終わりにできるほど安い存在じゃない‼

代償にもう一発まともにもらう。

目には見えないが多分背中が裂けた。

ついに、上条の体の中で何かが破裂する音が響いた。

感触的には水風船に似ていた。

血を吐いた。塊のような量だった。

関係なかった。

倒れてたまるか。

アリスはまだ救われていない。だから助けるまで戦い抜く。誰が何と言おうが、アレイスターが頼ったりアンナが脅えたりするほど頭の良い魔術師サマがどう分析したって、結局は最後まで立っていた方が勝つ。

だから。

上条当麻は引き結んだ唇の隙間から赤色がこぼれるのも気にせず、壊れた拳を強く強く握り締める。自分の力で自分の骨をさらに砕いたかもしれないが、それでも全く構わない。

膝を使って、ぬくもりすら伝わるアリスをわずかに押しのける。

密着状態から最適の間合いを確保する。

驚いた顔があった。

抱擁を拒絶された子供のような顔だった。

上条は小さく笑う。

そんなはずないのに。

思い切り振り抜く。

音は一つ。
ついにアリスの拳が空振りし、上条当麻の拳がまともに頬骨を捉えた。
鈍い音があった。
むしろこちらの肘も肩もまとめて壊れる。
分かっていて、潰れた拳に最後まで全体重を乗せきった。
薙ぎ倒した。

5

「……、」
上条当麻は立っていた。
彼は最後まで立っていた。
己の腕を何かが削ったのか、でも真っ当な痛みなんかなかった。
白い骨が見えた。
皮や肉は骨付きチキンよりも呆気なく剝がれてしまった。
幻覚かもしれない。
だったら良いな。

上条当麻は気にも留めなかった。痛みの感覚は膨らんだ熱の中に溶けているし、体の傷にはもはや興味がない。はっきり言ってどうでも良い。

そのままさらに一歩前に。

『せん、せい？』

尻餅をついたままだった。

アリス＝アナザーバイブルが震えていた。

自分のした事が少しは見えてきたのかもしれない。ピントが合っている。いつまた『曇る』かは分からないが、束の間、少なくとも今この瞬間だけは。

それは半ば以上に呆然とした声だった。八頭身の美女から、声があったのだ。切っ先の安定しない戸惑ったような声だった。

今さらのように。

ようやく。

「良いよ」

上条は笑った。

自然と出てきた笑みだった。

「それだけの事はお前にやった……。だからこれでおあいこだろ、アリス」

『そんな……』

八頭身の美女は首を横に振っていた。

小さな子供のように。

何かが舞っていた。重さを感じさせない動きで紅茶のカップやソーサーがひらひらと空中を泳いでいた。それは散りゆく火の粉のように、虚空へゆっくりと消えていく。景色が大きく歪む。少女の中で幻想が崩れていく。

アリスの作った夢が終わる。

『現実』が押し寄せてくるのを、上条自身も何となく感じていた。

その時は近い。

絶対的な存在からの宣告に対し、少年は何ら対策を講じなかった。

それより優先すべき事を成し遂げた。

きちんと助け出した。

だから。

代償を払う時が来た。

「……、」

それは長かったのか、短かったのか。

何しろ現実なんてものはあっけなく白旗を揚げたのだ。

時間などという考えでは測れるような道のりではなかったのかもしれない。

とにかく濃縮された出来事の連続だった。

一二月二四日。

クリスマスシーズンのど真ん中。突如として表舞台に現れた巨大ITのR&Cオカルティクスがそれまで秘匿されていた魔術の存在をネットで広く公開してしまった。

そして学園都市に現れたCEOアンナ＝シュプレンゲル。

彼女は人の体を乗っ取る殺人微生物のサンジェルマンを口移しで上条に感染させてくる。

一二月二五日。

アンナ＝シュプレンゲルが表舞台に立つ。

上条は自分の体を冒す殺人微生物サンジェルマンとの対話を試み、己の肉体を副作用で破壊していく事を織り込んだ上でついに魔術を使ってアンナと衝突する。

かろうじてアンナは撃破するが、サンジェルマンは上条の命を守るため、自ら幻想殺しの力で打ち消されていく事を決めてしまう。上条にとっては苦い事件となった。

同日。

学園都市ではもう一つの事件が進行していた。

撃破されたアンナは警備員に身柄を預けられるが、問題はそこで終わらなかった。ばら撒かれたのは確率を操作する霊装『ニコラウスの金貨』。学園都市の闇を穏便に是正するはずだった新統括理事長の計画が乗っ取られ、アンナは悠々と檻から出ていく。

この事件には上条はほとんど何も関われなかった。

だけど、死と敗北に満ちた事件はのちにアリス＝アナザーバイブルとの邂逅で大きな意味を持つ。


一二月二六日。

R&Cオカルティクスの猛威は学園都市だけに向けられるとは限らなかった。突如としてロサンゼルスが黄色い砂に呑まれ、一千万単位の住人が全て消え去る事件が発生。追っていく内に、アンナは優れた技術者を獲得するというだけでこれほどの事件を起こした事が浮かび上がってくる。

一見すればコストやリスクを一切無視した傲岸不遜。

しかしよくよく考えてみれば、この頃からアンナがたびたび口にする『王』という単語が見え隠れしていたようにも思う。

一二月二九日。

しかし実際には、世界の問題の中心核はアンナ＝シュプレンゲルではなかった。

世界を覆い尽くすほどの巨大ＩＴ・Ｒ＆Ｃオカルティクスをあっさり捨て去ったアンナが合流したのは『橋架結社』。

上条は学園都市の闇の中で、その頂点に立つ謎の少女アリス＝アナザーバイブルに散々振り回される事になる。

本当の意味では、起点はここだった。

アリスは再三にわたって警告していたはずだった。

歪んだ分岐を元に戻せば、上条当麻は死ぬと。

一二月三一日。

場所は渋谷。度を越した金欠を何とかするためアルバイトに出かけた上条を待っていたのは、ボロニイサキュバスとアラディア。『超絶者』と呼ばれる異次元の力を持った魔術師達だった。

彼女達はたった二人で衝突しながらも、その溢れるカリスマ性の影響により、渋谷の街全体を暴動で呑み込んでいく。

一月一日。

神話や宗教関係に強い第一二学区に突如として『橋架結社』領事館を名乗る建物が出現する。ここでは『超絶者』という単語が強く表に出てくる事により、アリスの特殊性がより一層明確になった。

アリスは上条の命を脅かす身内の『超絶者』H・T・トリスメギストス達に死の制裁を加えようとし、当の上条本人がここに割って入った事で、二人は決定的に決裂した。


一月三日。

アレイスターに囚われていたアンナ＝シュプレンゲルを偶発的に助けてしまった上条は、たまたま居合わせたアラディィアと共に学園都市を逃げ回る羽目になる。追ってくるのは処罰専門の『超絶者』ムト＝テーベ。

上条当麻は、ここでアンナの口から明確に『王』という言葉を聞く。

自分の悪性を抑えて庇護してくれるであろう、誰か。

しかし実際に出会う機会などなかった。アリスの力を一部貸与された特殊な投げ槍『矮小液体』をまともにもらったアンナはここで死亡確定となる。

唯一アンナを助けられるのはアリスだったが、時同じくして『橋架結社』は総出でとある魔術師の『再誕』を進めていた。CRC、クリスチャン＝ローゼンクロイツ。しかし再び顔を出した彼は伝説通りの人物ではなく、退屈しのぎの感覚で『橋架結社(はしかけけつしや)』は壊滅、アリス＝アナザーバイブルもまた死亡してしまう。

一月五日。

『再誕』したローゼンクロイツの暇潰しが始まる。

病院で生死の境をさまようアンナを守るため、上条(かみじょう)は最大の脅威に立ち向かう。一人二人と人の輪は広がっていき、やがては学園都市(がくえんとし)全体がＣＲＣの命の刈り取りを阻止するために大きな流れを生み出した。

全てが終わって、アリスは何事もなく起き上がる。

最大の怪物はＣＲＣではなかったのだ。

そして、今日。

長かった。

やはり、長かったはずだ。

途方もなく。

実際の時の長さなんて話はしていない。

この冬休みは始めから終わりまでその全てに濃密な意味があった。見た事もない猛威に何度もさらされ、散々打ちのめされて、だけどだからこそ心や魂といった目には見えないものが鍛えられたおかげで、上条はここまでやってこられた。

そして。

上条当麻は重たい体を引きずって、それでもアリス＝アナザーバイブルの前に立った。

正面からだった。

断言できる。

今まであった全ては、この一瞬のために歩き通してきた道のりだったと。

到着した。

これまでの嵐が嘘だったように。

不格好で、随分遅れてしまったかもしれないけど、それでも。

自分の足で。

「来たぞ、アリス」

口の中で呟く。

血で粘ついた喉から本当に言葉がこぼれたかどうかは自信がないけど。

「……俺はここまで来た」

『せんせいが、少女に勝てるはずない。全てが予定の通りなら、少女の全力を活かせていたら、まだせんせいは外から迫る死を免れたかもしれなかったのに……』

アリスが何と言おうが、勝った側が全てを決める。

そのために戦ってきた。

大丈夫だと言うために。

少女の望みは、実際には叶わないかもしれない。

ここで上条当麻が死んでしまったら、仲直りしたいというアリスの祈りは潰えてしまうのだろう。世界を崩す嵐と化してまで叶えようとしたそれを、上条自身が踏み潰してしまう。

だけど。

一人で孤独に吼える彼女をこのままにしておく事だけは、どうしてもできなかった。

「……、」

限界が、やってきた。

自分は今日死ぬ。

だけどアリスには、まだ自分の人生がある。多くの人と出会って、こんな一日なんて記憶の彼方に埋もれて全部忘れ去ってしまうような。そんなたくさんの笑顔に囲まれた幸せな道なんかいくらでも残っている。

そう願っても良いはずだ。

さらわれて、組み替えられて、祀られて、拒絶されてぶん投げて暴れ回って。

一見自由でも彼女は見えない何かに閉じ込められていた。ずっとずっと踏みつけられてきた人生だった。どれだけ強大な力があっても、結局は自分の何も変えられないまま。

だったらそろそろ貯金を下ろす時が来ても良いと、莫大な利子をつけて幸せになるべきだと、死に際にそんな勝手な妄想をしたってそれくらいは許されるはずだ。

誰に？

神様なんて野郎に、じゃない。

上条当麻が、自分自身が、幸せな希望的観測を許す。

この結末を祝福する。

のたのたと八頭身のアリスは改めて腰を浮かす。身を起こす。

すがるように立ち上がろうとする。

『死にますよ、せんせい。それ以上動いたら。何もできず何も残せずただ死にますし』

「だったら、どうした……？」

ツンツン頭の少年は、自分の体を引きずるようにして己を支える。

正面。

アリスと向かい合って。

何故か震えるばかりの少女は動けないようだった。最強規格外の存在。レギュラーな『超絶者』が束になっても敵わない、『再誕』したローゼンクロイツさえ瞬殺した誰かが、どこにでもいる平凡な高校生を見て、それだけで。

物理的な話じゃない。

多分一回だけ、上条当麻はアリス＝アナザーバイブルに勝った。

彼は。

不幸な人間だった。

記憶を失って、何度も何度も命を危険にさらして、途中では実際に死んでしまった事まであった。一度殺されておしまいでもなかった。理由は多分なかった。たまたま上条がそこにいたから、たまたま上条が巻き込まれた。そんな積み重ねで少年の人生は作られていた。

今に限った話じゃない。

きっと、自分の頭で思い出せない所でも。

でも。

だけど。

「俺は……」

胸の真ん中で、死の手触りがする。

心臓が休みたがっているのが、わざわざ胸に手を当てなくても自分で分かってしまう。アリス＝アナザーバイブルがもたらした傷だけは、『旧き善きマリア』の『復活』でも治せない。

ぶちぶちという音は今も続いていた。

少年だけが聞く事のできる異音。実際に千切れているのは血管か、あるいは筋肉か。

構わなかった。

どうせ太い血管どころか内臓自体だって、すでにいくつも破裂しているだろうし。

それでも今ここで言わなければならない事があった。

「……は、なあ……」

血を失ったせいか、額の汗が妙に冷たい。舌や頬まで痺れている。

ろれつが回らない。

間に合え、と願う。強く。これを言えないまま終わるのは、いくら何でもひどすぎる。

でも何に願っているんだろう。

少なくとも神様じゃない。あいつは何もしてくれない。

だからやっぱり上条当麻は自分に祈る。自分という人間に。己の意志でもって世界を変えるのは自分自身だ。最後まで耐えろ。これまでの道のりを思い出せ、苦難や痛みと比べてみろ。

たかが死ぬくらい。

こんなもの。

歯を食いしばれば、まだもう少しだけこの体は動かせるはず。

教えるんだ。

ここだけ分かれば、彼女は大丈夫。

アリス＝アナザーバイブルはおそらく何でもできる。

だけどどんな人間にも絶対はない。

だから伝えろ。

たとえどれほど規格外の存在であったとしても、それでも考えなしに迂闊な行動を繰り返せば手痛いしっぺ返しが待っている、と。

そして、度が過ぎた行いをすれば自らの業が大切な人の命を奪う事もある、と。

アリスは自分自身ならいくらでも守れるし、たとえ死んでも即座に復活できる。本質的に彼女を倒す事をそもそも考えるのが間違いなくらいに。でもそれが他人だった場合はどうか。

暴力は、自分からも他人からも大切なものを奪う。

戦って勝ったから、だからどうした。

千切れた右腕から正体不明の巨大な竜を出して、ローゼンクロイツを叩きのめして、得たものなんか一個でもあったか？

暴力なんて、問題の解決策としては成立していない。

ＣＲＣと笑い合って肩を並べる未来は、永遠に失われた。

上条（かみじょう）が自分でそうやった。

諦めた。

こんなのは解決なんて呼べない。

少年はそこに気づけた。

たった一度の過ち（あやま）を二回も繰り返さないと、踏み（ふ）止まれ（とど）た。

だから。

「おれはなあっ」

アリスがローゼンクロイツ以上だとしたら、もし本当の本当に最強規格外なら、もっと力や強さについて深く考えてみろ。

こっちはどこにでもいるありふれた高校生。人に何かを教えるだなんて不遜な事は言わない。

ただ、アリス自身がその辺りに気づいたら楔（くさび）を打ち込める。自分のわがままだけでなく、外に広がる世界と折り合いをつける思考を身につけられるはず。

それが上条当麻（かみじょうとうま）の戦いだった。

もう死ぬ事を避けられない少年にとっての、唯一無二の勝利条件。

だから最後まで言い放て。

成し遂げろ。

血まみれの手で八頭身の美女の顔を挟むようにして。

アリス＝アナザーバイブルの両目をしっかりと捉えて。

そしてどこにでもいるありふれた高校生は確かに言ったのだ。

間に合った。


「自分より不幸な人間なんか一人も見たくはねえんだよ!! 文句があるのか!!⁉⁇」


結末は最初から分かっていたはずだ。

覆らなかった。

ぺたんと。アリスは尻餅をついていた。受け入れがたい事実から少しでも逃れるため、後ろへ下がるように。

頬には血。

少年の指先から移った、わずかな赤。

そこからもほんの少しだけ残っていたぬくもりもまた、冷たく消えていく。

「せん、せい……？」

かすれた声があった。

紛れもない肉声。

元の少女。

しかし脅(おび)えで震える声に応える者はいなかった。

少年は決して倒れなかった。

最後まで立っていた方が勝つ。だから、アリスを助け出すまでは絶対に倒れたりはしない。

そんな覚悟がこれ以上ない形を取っていた。

6

上条当麻はもう動かなかった。
立ったままだった。
脳も心臓も、命という命が完全に機能を停止していた。

終章　上条当麻　Notice_of_the_Death.

社会の歯車というのは本当に良くできている。

これだけ異常な事態の中にあっても歪みの中心から迅速に患者を排出し、最短のルートを検索して最寄の病院へと搬送していく。そういう仕組みが作られている。

救急車である。

ドカドカと少女達は後部ドアから同じ車内へ飛び込んでいく。

『愚鈍っ。くそ、完全に心臓が止まっているわ……ッ!!』

『だったらどうした。止まった心臓を再び動かす方法くらいいくらでもある。それよりたまたま近くにいたから良かったが、救急車なんか地上を走らせても暴徒達に堰き止められるぞ。中心核のアリス＝アナザーバイブルが沈静化したとはいえ、いったん街に出た群衆が一秒で全員自宅に帰る訳じゃない！』

『……わらわ達で薙ぎ倒す？』

『変にみなぎっていないで現実を見ろ悪女。感情論は時間の無駄だ。それより、おい、救急車なら車載無線くらいあるだろ。アレを呼べ。学園都市にないとは言わせん!!』

そこらじゅうの通りは暴徒達で溢れ返っていてまともに機能していなかったが、立ち往生した救急車からの無線はまだ生きていたのだ。どれだけ街を人々が埋め尽くしていても、空を飛ぶドクターヘリまでは阻めない。

広めの公園でストレッチャーを載せ替える。

転落防止用の太いベルトで固定された少年からは一言もなかった。

ただの荷物。

物体。

『緊急搬送要請、一名、一〇代男性、状態はDOA！　傷の状態？　分からん。本当に分からないんだ二〇年現場を行き来しているがどうやったらこんな負傷をするのか想像もできない!!』

『とっとにかく写真とデータを全部向こうの病院に送信しましょう。そっちの方が手っ取り早い!!』

救急救命士達の怒鳴り声には容赦がなかった。

たとえ、ある種のプロであっても。

近しい者が同じ機内にいる事など考慮している余裕すらないのだろう。

『何分遅れた、くそ。傷を塞いで体温も下げるなよ。医者の元まで連れていくのが我々の仕事だ』

『しかしこれは、すでに、あまりにも……』

『黙れ‼ 免許を持つ医師が正式に死亡確認をするまではまだ患者だ。貴様なにきっかけで今の仕事から転職した、資格のない者が手前勝手に命を諦めるな‼』


ドクターヘリが無線で連絡を取り合い、付近の病院のヘリポートを目指す。

着陸自体は慎重で完璧なものだった。

機体の後部にある搬入出用ハッチが左右に大きく開かれる。

ガコガコという硬く重たい金属音が膨れ上がっていた。

人間を下ろしているのか医療機器を下ろしているのか分かったものではなかった。

ストレッチャーにあるだけ全部機械や電気コード、液体の入った袋やチューブを繋げていったといった感じだった。

非公式ではあるがサイボーグ技術さえ実用化されている学園都市だ。

究極的に言えば、内臓なんかなくても良い。体内に収まるようスペックを保ったままサイズをとことんまで小型化する必要のない外付けの据え置き型生命維持装置があれば、正直に言って人体のかなりの機能は補える。今の時代、生の内臓なんていくつか潰れてしまったってそのまま人の命を保つ事はできる。体内か体外かは関係ない。呼吸にせよ脈拍にせよ血圧にせよ脳波にせよ、医学的に言う『命』とは状況だ。摂取、生産、運搬、消費、排出、とにかく一つの循環さえ保てれば人間は生物学的には生き続ける。

乾電池と豆電球だけの簡素な電気回路を思い浮かべれば良い。

一つの輪を作る電気コードを切ったら電球の光は消えてしまう。

だけど電池を二つ並列に繋いだ状態なら、コードを一ヶ所切っても電球は光り続ける。

安定した状態が消え去る。

破壊という結果に関係なく状態はキープされる。

これを電気生理学、分子生物学、血液学などなど極めて複雑高度な生物分野に置き換えるだけの話。

太古から存在した『魂』とやらは、だけど最先端のテクノロジーがあれば騙せる。

この場合は手品師や食品サンプル職人の言う『騙(だま)す』。

万人を喜ばせるための幸せな仕掛け。

いい、
それでも。

そこまでの高い技術があって。

少年の体からは物音一つ発しなかった。

そんな次元の話ではなかった。

冷たい夜風に少年の前髪がただ嬲(なぶ)られていた。

道端の雑草か何かのように、そこには意志を感じられなかった。

全く動かないよりも、なお残酷。

コピー用紙よりも薄い特殊なモニタにあるのは横一本の平坦(へいたん)な直線。ゼロという数字。そして均一な電子音がいつまでもいつまでも伸びている。

それだけだった。

誰もが無慈悲な単音を聞いていた。

救急搬送チームと医師団の他に、何故(なぜ)か無関係な民間人が危険な屋上に出ていたのだ。

『ひっ⁉』

小さな悲鳴があった。御坂美琴のものだった。

置いていかれた少女。

温存された戦力。

常にあの少年とは一番近くにいながら決定的な結末には届く事が許されない、あたかもそんな業でも背負わされたかのような。

ヘリポートには別の少女もいた。

蜂蜜色の長い髪をヘリコプターの暴風に嬲らせたまま、誰かが言った。

美琴とはまた別の業を背負った少女が。

『だから、言ったのよぉ。こんな事を続けていれば、いつかはこういう目に遭うってぇ……』

音源が遠ざかる。

ストレッチャーを囲む人々は口々に怒鳴り合うようにしながら、屋上から病院の中へと急いで引っ込んでいく。向かう先は手術室か、集中治療室か。
まだ諦めていないのか。
まだ認めたくないのか。
立ち止まった瞬間に気づいてしまうと、自分で自分に脅(おび)えているのか。
全て無音。
やがて。
それでも。
同じドクターヘリに乗っていたインデックスは、そこから降りられなかった。
動けなかったのだ。
ただただ両手で自分の口元を押さえていた。
純粋な少女の目尻にじわじわと透明な粒が浮かんでいた。二つの掌で顔全体を覆う。
叩(たた)きつけられたのは黒。
別れの象徴。
死。

『……、』

言葉が出てこない。

完全記憶能力はこの場合、彼女にとっては酷な才能になるのか。あるいはたとえ頭の中の話であっても、永遠にとある少年を留めておく救いになるのか。

ややあって、だ。

最後にカエル顔の医者がゆっくりと首を振った。

『……一月六日、午後一一時五八分』

横に。

その動きが全てだった。

決して諦めない医者が、ここだけはそれでも言った。

『搬送された患者の死亡を確認。すでに死んでしまった人間だけは、どうにもならない』

上条当麻。

冬休み最後の日である一月七日を迎える事はなく、速やかに彼の死亡確認が取られた。

あとがき

一冊ずつの人はお久しぶり、まとめ買いの皆様は初めまして。

鎌池和馬です。

結末です。それは彼女と初めて会った時から分かっていた事ではありました。アリスの脅威度については巻を増すたびに跳ね上がっていったと思いますが、読者の皆様も、それにしたがってアリスの過去の言動が気になっていたかもしれません。今まで抑えてきたものを噴出する形になったこの巻。安易な選択がもたらした『業』が牙を剥いた、という一言を頭に入れてから読み直すとまた印象が変わると思われます。

不思議の国のアリスについては、別枠である簡単な～シリーズやブラッドサインなど、すでに複数の作品で主要な題材に取り扱ってきました。シンデレラや白雪姫も原典まで漁ると結構怖い描写が隠れているものですが、アリスについてはそれとも違います。本当におかしいのは不思議の国なのか何があっても速攻で順応してしまうアリスの方なのか。どっちがルールを敷いているのか分からなくなる感じがお気に入りです。

　アリスの世界をどう描くか、色々悩みましたが、一つは物理的にワンダーランドが広がるのと、もう一つはできるだけ子供特有のロジックやイメージの連結を強く意識しました。特にアリスが『葛藤』している箇所については、どうせやるなら文章を読んでいて頭がぐわんぐわんになるくらいが良いなと。誰も疑問に思わずやけに会話や地の文が進むな、と思った箇所があちこちにあったはずですが、これも童話を意識しての構成です。敵味方の『超絶者』が不思議と鉄橋に集まる辺りが顕著ですが、上条を始め全ての登場人物が見えないレールに引っ張られて行動しているのも、不思議の国に入ったら不思議の国のロジックに縛られるという一環です。

　対するはアンナ＝シュプレンゲル。近代西洋魔術の成立をなぞればすぐ分かるのですが、世界最大の魔術結社『黄金』創設に関わる謎のお嬢様です。イレギュラーな『超絶者』、というフレーズは創約シリーズのあちこちで登場していたと思いますが、ここまで活躍すると予想できました？　実際にはウェストコットがキングスフォードをモデルにして細部の『設定』を調整した、全くの捏造人物だという説が濃厚っぽいですが、ここはフィクションです。架空の存在が当たり前に闊歩しているとはどういう事か、というところから設定を膨らませていき、『なりすまし犯』というキーワードと結合。それはやがて『超絶者』という一つの枠組みを創るに至りました。手作り衣装や舞台を用意して神を着こなす、という何ともオタクに優しい魔術は普通に存在するのでそちらも利用しておりますが。

関連して、アンナ＝キングスフォードについて。単純な知名度で言ったらアレイスター＝クロウリーより一歩劣るかもしれませんが、そもそも世間から隠れ潜むオカルトの業界で『一般知名度』で勝負だなんていうのも変な話です。興味のある方は、メイザース辺りをとっかかりにして情報を逆に辿っていけば（好意的な方向の意見が）色々出てくるのではと。ミナ＝メイザースやアニー＝ホーニマンもそうですが、正直あの人の周りには個性が爆発していて魅力的な女性が多すぎる……。変人かつ傲岸不遜でクロウリー含む周りの全てを振り回した天才メイザースが教えを乞うた師匠。一九世紀、ウェストコットやメイザースといった超大物に思想の基盤を与え、まだまだ女人禁制が当たり前だった魔術結社の世界で男女自由に入れる結社を創ろうと言い出すきっかけを生み出した、という『伝説』まで持つ女性。なんかすごそう感が出まくっているのです。

つまり一九世紀に発生した世界最大級の幻想二つが真っ向からぶつかり、不思議の国の理不尽をロジック化されたオカルトである近代西洋魔術で打破していくのが今回のバトルなのですが、アンナもアリスも幻想を殺す少年を求めて戦っているのが良い『ねじれ』になっていると思います。

一つ前の創約9は学園都市に存在する全火力を科学も魔術も問わず人型怪獣ローゼンクロイツにぶつける総力戦の構成にしましたが、今回の創約10はこの『二つの幻想』のみに集中させています。純粋で恐ろしいアリスと悪女で優しいアンナ。どちらも一筋縄ではいかないヒロインではありますが、でもだからこそ、『味方になるとありがたいけど絶対敵には回したくない』両極端な二人の中にどこか共感できる欠片を見出してもらえたらありがたいです。

彼女達は、当たり前のヒロインではなかったかもしれません。

でも当たり前に助けてと言えるヒロインなら当たり前の世界で暮らす人々が当たり前に助ければそれで良い。

そこから一歩外にはみ出すからこそ、上条当麻はどこにでもいる平凡な高校生でありながら、高位能力者や魔術師でもできない所にまでその右手を伸ばせたのだと思います。

幻想を殺す少年は、だからこそ幻想から現実に還っていく血まみれの自分自身を救う事だけはできない。そう分かって、思い知らされて、それでも上条当麻という少年が最期に何をしたかったのか。

色々想像していただければ嬉しいです。

イラストのはいむらさんと伊藤タテキさん、担当の三木さん、阿南さん、中島さん、浜村さんには感謝を。そこらを飛び交う『超絶者』、大量の名前付きコスプレ群衆、そしてサイケデリック全開のアリスまわり。とにかく作業コストが大きくて大変だったと思います。ありがとうございました。

そして読者の皆様にも感謝を。上条当麻は賢い人間ではありません。愚かで、力がなく、起きてしまった結果のリカバリーすらまともにできない無能力者に過ぎません。だけど全ての起点となった創約5にまた戻ったとして、誰も望んでいないのに誰もが笑っている安易なハッピーエンドのために真実を歪めて偽りの犯人を用意しようとしたアリスを前にして、何度でも同じ選択をするであろう愚かな彼を認めてくれると信じております。ありがとうございました。

それではこの辺りで本を閉じていただいて。

もし何かあればまた手に取っていただける事を願いつつ。

ここで筆を置かせていただきます。

最期（さいご）に思ったのは一体何だったのか

鎌池和馬（かまちかずま）

何もない真っ白な場所で目を覚ました。

身を起こす。

白く、全てが白く、故に地平線の考え方すら存在しない無音のどこか。

悪い冗談みたいだった。

座ったまま己の両手に視線を落とし、周囲を見回して、上条当麻は考える。

何だここ。

そもそもあそこから『続き』があるってアリなのか？

オティヌスに殺された時だってこんな場所は見なかった。

死はもっと空虚で、崩れ去ったものは二度と戻らず、だからこそ絶対的に救いようもないものだと思っていた。

それなのに。

自分の服装に傷みや赤い汚れはなかった。ちょっと体を動かしてみるが、違和感はない。痛覚が麻痺(まひ)しているのではなく、本当にかすり傷すら存在しないようだ。逆に変だった。全身ボロボロで、体の中の骨や臓器なんて片っ端から壊れているような状態じゃなかったのか。

上条当麻はここにいる。

なのに現実感がない。物質的な自分を感じない。重み、厚さ、ぬくもり、匂い、色合い……。自分は確かにここにいるのに、総じて言えばリアリティといったものを受け取れないのだ。まるで上条自身がこれまで散々打ち消してきた、幻想そのもの。そういえば耳が痛くなるほど無音なのに、己の心臓の音が聞こえない。そして吐息だって。

上条は自分の右手に視線を投げる。

アレは、どうなったのだろう？

まだあるのか。

アレイスターは死んだり壊れたりするたびに物体から物体へと渡り歩く、といった事を言っていた。自分の前はとある聖者の右手から製造した一本の矢だったとも。

幻想殺し。

もし、仮に、仮定の話。自分がすでに存在しない何かだとしたら。幻想そのものが所持していても良いものなんだろうか。そんな事が許されるのか？

「ここって……」

科学の街である学園都市に所属し、そこで当たり前の常識を作ってきた上条がこんな事を言い出すのは不自然かもしれない。だけど抵抗なく自然とこう思った。

（まさか死後の

「あらあら」

しっとりした声があった。

直接の知り合いではない。だけど重要な局面では常にチラチラと見え隠れしていた誰か。

上条が服を着てここにいるのと同じく、彼女もまた古風な魔女の帽子に最新の競泳水着みたいなチグハグな服装はそのままだった。目元のメガネまで全部揃っている。

理屈は知らない。まあお互い生まれたまんまでは困るのだが。

白しかないこんな場所に、彼女は当たり前に立っていた。

それがどれだけ異質な事象か。

本人がしれっとやっているからすごさが伝わってこないだけで、多分とんでもない反則をやらかしている。

この状態で固定されている上条に、この状態で固定されている誰かが言った。

「あなたハまだ、此方へ来るには早すぎるノでは？」

「確か、何だ、もう一人の、何だっけ。キングス……そうだ、アンナ＝キングスフォード……？」

「◎」

何故ここに。

というか簡単に入って良い場所なのか、ここは？

「もう一人、という認識ハ本当ニ素晴らしい。何方ニ優劣ガ○る訳でも×、両方とも本物ノアンナデ○るトあなたハ自然ニ認識しているノですね。其ハあなたガ思っているよりモはるかニ彼女ヲ救い、そして同時ニ苦しめてきたノかもしれ⧄×。×あなたハ己にはでき×救いヲ彼女ニもたらした。感服ですわ、善き人よ」

一つの疑問を考えると次の疑問が連鎖的に発生して飽和状態に陥ってしまう。普通の考え方が通じない。目を白黒させる上条に対し、キングスフォードは口元へお上品に手を当ててくすくすと笑っていた。

「お忘れですか」

「一体何を」

「あるいハ単純ニ『前提』ヲ知らなかったノかな」

もう一人のアンナはお上品に情報を整理していく。

おっとりしている優しい女教師のイメージだった。

男子高校生の勝手なイメージは文系方向だけど、でも英語の先生ともまた違う。

「己ハ所詮、永久遺体ガ動くようニ調整ヲ施された物体ニ過ぎ⧄×。詰、無理ニ入るのでは×本来ノ居場所ガ此方なのですわ。故ニ機械部品ヲ自ら機能停止させ、現世との哀しい『別れ』さえ済ませれば何時でも此処ニやってこられる。……×ヲ免れたりまた×されたり安心させたり別れたりトアレイスターには悪い事ヲし⧄た×、まあ、あなたノためなら納得ハしてくれるでしょう。何ニせよ、×んでいる方ガ正しい身ノ上です☆」

「……、」

「そしてこうなる事ハ予測ガ○きてい▨た。最初〜」

言った。

あっさりと。

誰も彼もが予測のつかないアリスの極彩色の中で必死にもがいてこの結末を摑み取ったというのに、もう一人のアンナはあまりにもあっけなく言ってのけたのだ。

こんなのはあらかじめ分かっていた予定調和の範囲だと。

こいつが良い人で良かった。悪の魔王だったら最悪も最悪だったし、探偵ならこんなになるまで放置していた罪で流石にぶん殴っている。グーでやる。上条当麻は相手が女の子でも人様の命や人生にご迷惑をかけた場合は許さない派だ。この人管理人のおっとりお姉さんとか超似合いそうだけど心を鬼にしてやるったらやるのだ!!

「何人モ自分デ行った選択〜ハ逃げられ×。何しろ最後ノ分岐ハ永久遺体たる己ガ活動する前ニ済んでい▨た〜、流石ニ己×介入ハでき▨×でしたしね。あなたハいったん×な×ればなら×った」

言葉もない上条に達人が言う。

人の人生でも覗き込んで現世の採点をしているかのように。

「×同時ニ、罰ヲ受けた人間ガ再び自由ヲ得るのも万人ノ権利ですわ。平たく言えば、あなたハ間違え〼××、×んで終わった時点デ其以上責められるいわれモあり〼×。あなたハ無事ニ罪ヲ雪いだノです」

「俺が……自分の罪を……？」

「◎やり〼たね、上条当麻。消えつつ○自己ノ命よりモ優先して迷わ×アリス＝アナザーバイブルという元凶ヲ助けようト最後迄足掻いたあなたノ『奉仕』ハ、何にも増して褒められるべき行いでしたわ。其ハこの魔術師アンナ＝キングスフォードガ証明し〼。……そして己ハ、頑張った人ガ報われ×ニ只沈んでいくのを黙っていられるほど心ガ強く×」

「何を」

「ていうか何時迄我慢しているノですか。見てノ通り此処ハ『外れた場所』ですわ。此処迄理不尽ガ積み上がったら流石ニ神様でも捜し出して文句ノ一つモ言ってしかるべきだと思い〼けれど。×んだら×んだデさっさト受け入れてしまうだなんて、反応ガ素直すぎて傍デ見ているだけデイライラし〼ぷんすか」

「ちょっと待って当人放ったらかしにして何を勝手に駒を進めてるの⁉　……とんでもない規格外パワーの香りがする……。嫌な予感しかしないんだけど‼」

「抑々この時代ノ高校一年生とは普通ニ考えたら×一六歳なのでしょう。反抗期ド真ん中ガなんかとんでもない勢いデ達観してい〼×、やりたい事残ってい×ノですか？」

「あっ、そういえば俺もうすぐ誕生日だ」

「詰(つまり)まだ早生まれノ一五歳ガあっさり×(し)んで諦めてんじゃねえよですわ!! 嘆かわしい、別ニ是(これ)一九世紀だけノ古い常識ではあり⧄×(ません)よね!?」

「だから待てって誰が何と言おうが俺は死んでここでおしまいだろッ!! おいアンタ、こんな行き止まりから一体何を始めようっていうんだ!」

「周囲へ奉仕ヲするためニ」

大きな胸の前で手を合わせ、五指の指の先と先だけを押しつけて。

はにかむように笑って、達人はこう言ったのだ。

「達人なりノ奥義(おうぎ)、具体的ニ言えば△(ちょっと)地獄巡りをと思い⧄(まし)て」

「……、」

「あらあら。地獄巡りではピンとこ×(ない)ノでしたら、『脱獄』とでも言い換え⧄(まし)ようか?」

「…………………………………………マジ?」

…………………………………………………………

「◎(はい)。理不尽には理不尽ヲ、反則には反則ヲ世界ニきっちり返すのが一九世紀ノ魔術師ノ流儀なのですが、今ノ時代ハ違うノかしら?」

絶句、だった。

まさか。

ここを意のままにするとでも言うつもりなのか、この女の人は。

そこまでやっても良いのか、魔術は。

何もない白の世界でアンナ＝キングスフォードは、いつまでもへたり込む上条(かみじょう)へしなやかな手を差し出してきた。

右手を。

「さあ。くそったれノ確定末路ヲ蹴飛ばして、己ト一緒ニ『敗者復活』し〼か？」

……じゃあ嘘はどこだ？

流石にこれが全部本当の事だなんて都合の良すぎる話、不幸な少年は絶対に信じない。

◉鎌池和馬著作リスト

「とある魔術の禁書目録(インデックス)①～㉒」(電撃文庫)
「とある魔術の禁書目録(インデックス)SS①②」(同)
「新約　とある魔術の禁書目録(インデックス)①～㉒　㉒リバース」(同)
「創約　とある魔術の禁書目録(インデックス)①～⑩」(同)
「とある魔術の禁書目録(インデックス)　外典書庫①②」(同)
「とある科学の超電磁砲(レールガン)」(同)
「とある暗部の少女共棲(アイテム)①②」(同)

「ヘヴィーオブジェクト」シリーズ計20冊（同）
「インテリビレッジの座敷童①〜⑨」（同）
「簡単なアンケートです」（同）
「簡単なモニターです」（同）
「ヴァルトラウテさんの婚活事情」（同）
「未踏召喚：//ブラッドサイン①〜⑩」（同）
「とある魔術のヘヴィーな座敷童が簡単な殺人妃の婚活事情」（同）
「最強をこじらせたレベルカンスト剣聖女ベアトリーチェの弱点①〜⑦
その名は『ぷーぷー』」（同）
「とある魔術の禁書目録×電脳戦機バーチャロン　とある魔術の電脳戦機（バーチャロン）」（同）
「アポカリプス・ウィッチ①〜⑤　飽食時代の【最強】たちへ」（同）
「神角技巧と11人の破壊者　上　破壊の章」（同）
「神角技巧と11人の破壊者　中　創造の章」（同）
「神角技巧と11人の破壊者　下　想いの章」（同）
「使える魔法は一つしかないけれど、これでクール可愛いダークエルフと
イチャイチャできるならどう考えても勝ち組だと思う」（同）
「赤点魔女に異世界最強の個別指導を！①②」（同）
「マギステルス・バッドトリップ」シリーズ計3冊（単行本　電撃の新文芸）

本書に対するご意見、ご感想をお寄せください。

ファンレターあて先
〒 102-8177　東京都千代田区富士見 2-13-3
電撃文庫編集部
「鎌池和馬先生」係
「はいむらきよたか先生」係

本書は書き下ろしです。

電撃文庫

創約(そうやく) とある魔術(まじゅつ)の禁書目録(インデックス)⑩

鎌池和馬(かまちかずま)

2024年4月10日　初版発行

発行者　山下直久
発行　株式会社KADOKAWA
〒102-8177　東京都千代田区富士見2-13-3
0570-002-301（ナビダイヤル）
装丁者　荻窪裕司（META＋MANIERA）
印刷　株式会社暁印刷
製本　株式会社暁印刷

●お問い合わせ
https://www.kadokawa.co.jp/（「お問い合わせ」へお進みください）
※内容によっては、お答えできない場合があります。
※サポートは日本国内のみとさせていただきます。
※ Japanese text only

※定価はカバーに表示してあります。

ISBN978-4-04-915601-0　C0193　Printed in Japan

電撃文庫　https://dengekibunko.jp/

電撃文庫DIGEST　4月の新刊

発売日2024年4月10日

第30回電撃小説大賞《選考委員奨励賞》受賞作 新作 **汝、わが騎士として** 著／畑リンタロウ　イラスト／火ノ	地方貴族の末子ホーリーを亡命させる――それが情報師ツシマ・リンドウに課せられた仕事。その旅路は、数多の陰謀と強敵が渦巻く過酷な路。取引関係の二人がいつしか誓いを交わす時、全ての絶望は消え失せる――！
声優ラジオのウラオモテ #10 夕陽とやすみは認められたい？ 著／二月 公　イラスト／さばみぞれ	「佐藤。泊めて」母に一人暮らしを反対され家出してきた千佳は、同じく母親と不和を抱えるミントを助けることに。声優を見下す大女優に立ち向かう千佳だったが、由美子は歪な親子関係の『真実』に気づいていて――？
声優ラジオのウラオモテ DJCD 著／二月 公　イラスト／巻本梅実 キャラクターデザイン／さばみぞれ	由美子や千佳といったメインキャラも、いままであまりスポットライトが当たってこなかったあのキャラも……。『声優ラジオのウラオモテ』のキャラクターたちのウラ話を描く、スピンオフ作品！
新説 狼と香辛料 **狼と羊皮紙X** 著／支倉凍砂　イラスト／文倉 十	公会議に向け、選帝侯攻略を画策するコル。だが彼の許に羊の化身・イレニアが投獄されたと報せが届く。姉と慕うイレニアを救おうと奮起するミューリ、どうやらイレニアは天文学者誘拐の罪に問われていて――。
創約　とある魔術の禁書目録（インデックス）⑩ 著／鎌池和馬　イラスト／はいむらきよたか	アリス＝アナザーバイブルは再び復活し、それを目撃したインデックスは捕縛された。しかし、上条にとって二人はどちらも大切な人。味方も敵も関係ない。お前たち、俺が二人とも救ってみせる――！
男女の友情は成立する？（いや、しないっ!!） Flag 8.センパイがどうしてもってお願いするならいいですよ？ 著／七菜なな　イラスト／Parum	「悠宇センパイ！　住み込みで修業に来ました!!」試練のクリスマスイブの翌朝。悠宇を訪ねて夏目家へやって来たのは、自称"you"の一番弟子な中学生。先の文化祭で出会った布アクセクリエイターの芽衣で――。
悪役御曹司の勘違い聖者生活3 ～二度目の人生はやりたい放題したいだけなのに～ 著／木の芽　イラスト／へりがる	長期の夏季休暇を迎え里帰りするオウガたち。海と水着を堪能する一方、フローネの手先であるアンドラウス侯爵に探りを入れる。その矢先、従者のアリスが手紙を残しオウガの元を去ってしまい……第三幕《我が剣編》！
あした、裸足でこい。5 著／岬 鷺宮　イラスト／Hiten	あれほど強く望んだ未来で、なぜか『彼女』だけがいない。誰もが笑顔でいられる結末を目指して。巡と二斗は、最後のタイムリープに飛び込んでいく。シリーズ完結！　駆け抜けたやり直しの果てに待つものは――。
僕を振った教え子が、1週間ごとにデレてくるラブコメ2 著／田口一　イラスト／ゆがー	志望校合格を目指すひなたは、家庭教師・瑛登の指導で成績が上がり、合格も目前！？　……だけど、受験が終わったら二人の関係はどうなっちゃうんだろう。実は不器用なラブコメ、受験本番な第二巻！
新作 **凡人転生の努力無双** ～赤ちゃんの頃から努力してたらいつのまにか日本の未来を背負ってました～ 著／シクラメン　イラスト／夕薙	通り魔に刺されて転生した先は、"魔"が存在する日本。しかも、"祓魔師"の一族だった！　死にたくないので魔法の練習をしていたら……いつのまにか最強に!?　規格外の力で魔を打ち倒す、痛快ファンタジー！
新作 **吸血令嬢は魔刀（おれ）を手に取る** 著／小林湖底　イラスト／azuタロウ	落ちこぼれの「ナイトログ」夜凪ノアの力で「夜煌刀」となった古刀逸夜。二人はナイトログ同士の争い「六花戦争」に身を投じてゆく――！！
新作 **裏ギャルちゃんのアドバイスは100%当たる** 「だって君の好きな聖女様、私のことだからね」 著／急川回レ　イラスト／なたーしゃ	朝の電車で見かける他校の"聖女様"・表川結衣に憧れるいたって平凡な高校生・土屋文太。そんな彼に結衣はギャルに変装した姿で声をかけて……！？"（本人の）100%当たるアドバイス"でオタクくんと急接近！？
新作 **これはあくまで、ままごとだから。** 著／真代屋秀晃　イラスト／千種みのり	「久々に恋人ごっこしてみたくならん？」「お、懐かしいな。やろうやろう」幼なじみと始めた他愛のないごっこ遊び。最初はただ楽しくバカップルを演じるだけだった。だけどそれは徐々に過激さを増していき――。

SWORD ART ONLINE
ソードアート・オンライン
川原 礫
イラスト／abec
「これは、ゲームであっても遊びではない」
《黒の剣士》キリトの活躍を描く
究極のヒロイック・サーガ！
電撃文庫

絶対ナル孤独者《アイソレータ》

THE ISOLATOR
realization of absolute solitude

「絶対的な、《孤独》を求める……
だから僕のコードネームは孤独者《アイソレータ》です」

『AW』と『SAO』に続く、川原礫の描く第3の物語！

Reki Kawahara
川原 礫

illustration»Simeji
イラスト◎シメジ

電撃文庫

豚になった俺が、異世界で美少女といちゃラブ(!?)するファンタジー

逆井卓馬
Author: TAKUMA SAKAI

［イラスト］遠坂あさぎ
illustrator: ASAGI TOHSAKA

豚のレバーは加熱しろ

Heat the pig liver

the story of a man turned into a pig.

　純真な美少女にお世話される生活。う〜ん豚でいるのも悪くないな。だがどうやら彼女は常に命を狙われる危険な宿命を負っているらしい。
　よろしい、魔法もスキルもないけれど、俺がジェスを救ってやる。運命を共にする俺たちのブヒブヒな大冒険が始まる！

電撃文庫

最強をこじらせたレベルカンスト剣聖女ベアトリーチェの弱点
その名は「ぶーぶー」
鎌池和馬
KAZUMA KAMACHI
illust.
真早
『とある魔術の禁書目録』の
鎌池和馬が贈る異世界ファンタジー!!
巨大極まる地下迷宮の待つ異世界グランズニール。
うっかりレベルをカンストしてしまい、
最強の座に上り詰めた【剣聖女】ベアトリーチェ。
そんなカンスト組の【剣聖女】さえ振り回す伝説の男、
『ぶーぶー』の正体とは一体!?
電撃文庫

はたらく魔王さま!
Satoshi Wagahara
Illustration■Oniku
和ケ原聡司
イラスト■029
魔王城は六畳一間!?
フリーター魔王さまの庶民派ファンタジー!
世界征服間近だった魔王が、勇者に敗れて辿り着いた先は、異世界"東京"だった!?
六畳一間のアパートを仮の魔王城に、フリーターとして働く魔王の明日はどっちだ!!
電撃文庫

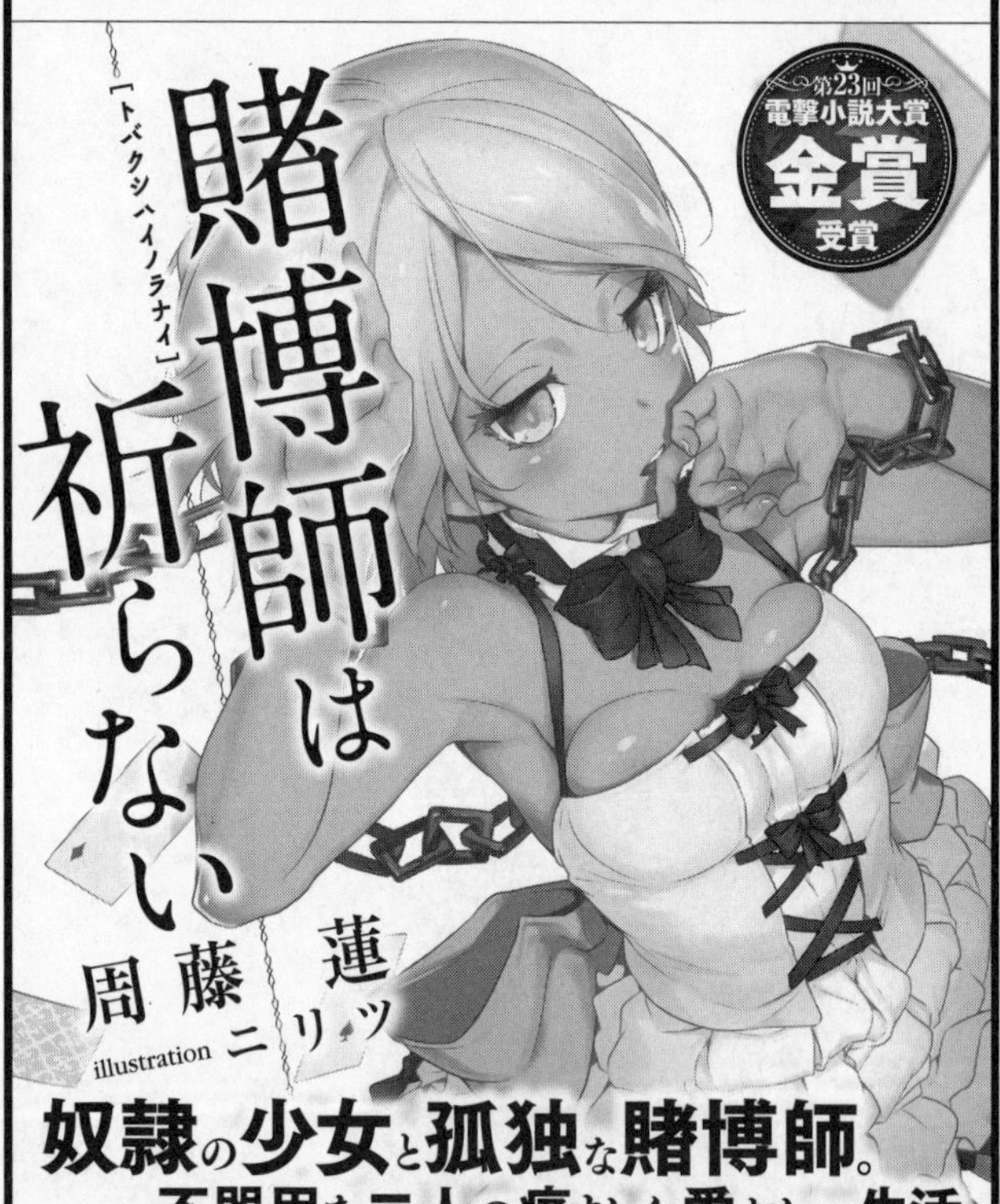

奴隷の少女と孤独な賭博師。
不器用な二人の痛ましく、愛おしい生活。

十八世紀末、ロンドン。

賭場での失敗から、手に余る大金を得てしまった若き賭博師ラザルスが、仕方なく購入させられた商品。

──それは、奴隷の少女だった。

喉を焼かれ声を失い、感情を失い、どんな扱いを受けようが決して逆らうことなく、主人の性的な欲求を満たすためだけに調教された少女リーラ。

そんなリーラを放り出すわけにもいかず、ラザルスは教育を施しながら彼女をメイドとして雇うことに。慣れない触れ合いに戸惑いながらも、二人は次第に想いを通わせていくが……。

やがて訪れるのは、二人を引き裂く悲劇。そして男は奴隷の少女を護るため、一世一代のギャンブルに挑む。

電撃文庫